JN240210

石牟礼道子・赤坂真理・高橋源一郎・田中優子・町田康ほか

石牟礼道子と芸能

藤原書店編集部編

藤原書店

石牟礼道子と芸能

目次

〈追悼コメント〉

姜 信子（作家）
近代の彼方には「じょろり」でゆく――246
田中優子（法政大学総長）
境界を行き来する魂――249
最首 悟（社会学者）
今、石牟礼さんの気配は充ちている――252
鎌田 慧（ルポライター）
身体を潜り抜けた世界を再構築した作家――254
ブルース・アレン（清泉女子大学教授・翻訳家）
石牟礼作品を世界に――258
今福龍太（文化人類学者）
わが内海に立つ不知火――261
赤坂憲雄（民俗学者）
石牟礼道子、苦海のほとりから――263
町田 康（作家）
言葉の原郷――266
赤坂真理（作家）
石牟礼道子とは誰だったのか？――269
笠井賢一（演出家）
「魂だけになって」――石牟礼道子さんの歌をつぐ――272
坂本直充（詩人）
石牟礼さんのこと――275
米良美一（歌手）
魂のふれあいと手料理の味――278
宇梶静江（詩人・古布絵作家）
石牟礼道子さんに共感したこと――282
佐々木愛（女優）
石牟礼文学を舞台で表現すること――285
金 大偉（アーティスト）
撮影現場の記憶から――288

憂国の志情――あとがきにかえて――**石牟礼道子** 292

初出一覧 295　執筆者プロフィール 302

石牟礼道子と芸能

序　天——日本の「原風景」とはなにか

石牟礼道子

川の源流と、海の奥への憧れは、小さい頃からあったが、舞えや歌えの竜宮ではなかった。そこは人類というより、生類の生まれ郷《さと》と思えた。

何しろ中心というところに近づきたかった。最初の句集の題も『天』である。『苦海浄土』第三部の題もまた『天の魚《いお》』になってしまった。『天湖』という小説も書いた。

最近作、「わたくしさまのしゃれこうべ」では、「天《あま》が下の大静寂」というイメージが出てきた。生類たちが死に絶えて、次の世は来るのか、甦りはあるのかと思うのである。

水俣を書き続けながら、いくつかの川を遡ったり、各地の巨木を訪ねる旅もこころみた。生命の始まるところはどうなっているのか、行って確かめたい。生類たちの最初の呼吸と自分の呼吸とを合わせてみたい。そうしないと身がもてない感じがしていた。

とある猛暑の年、ダムの底に沈められた村が出てきたのだ。そんな村の小説を書こうと思っていた矢先、現実の方がダム湖の底からせり上がってきたのである。私は自分の想像力の首根っこを斧でぶった切られたような気がして、さっそく浮上してきた村を見に出かけた。

そこには、代々の村人たちのお墓もあった。倒れた小さな石塔に蓮の花が一輪刻みつけられ、簡単な線描きで文字も刻まれて「残夢童女」とあった。三つになるやならずの女の子であったろう。以来、この「残夢童女」は私の胸の底に座り込んで動かない。

村のしるしの大銀杏《おおいちょう》があったと村人たちから聞いていた。大銀杏は、あたかも荷造り用のダンボールのようになっていた。桜の木もあったが、ダムの澱《おり》をかぶって、何とも言えぬ荒涼とした景色と化していた。

ダムというものと引き換えに、無残なことが行われたのである。水俣病と通底する。曲り角を見つけた気がした。

この村に想を得て、『天湖』を書いた。ダムの底に沈んだ旧家の男が東京に出て、その孫は作曲家を志す。柾彦《まさひこ》という名の青年である。祖父の遺言を守り、遺骨をダム湖に撒くため故郷に戻ってくる。村に辿り着くと、母と娘の巫女が現われ、魂をとらえてしまう。この青年は、昔の村の魂の世界へと導かれてゆくという筋書きである。

村の名は「天底村《あまぞこむら》」という。天の真下にあるという願望を含めて。その真底にある村だ。人が在るべくして立っていられる、安定した柱のごとき、何か美の規準や徳の規準なりが確かにあるという、何か人間の美的な願望もそこに託し得るところ。それで天底村である。

天という字が好きである。

祈るべき天とおもえど天の病む

という句を作ったりした。祈る形は、やはり天に向う。何も見えないけれど、私たちを大きくつつんでいる、青い空に向かって立つ。どこにも中心点を定めえないものの、天に向かったとき、その中心は自分である、そういう祈りをするときの中心点の、その極みが天だ。

最初の人たちは、こういうことは一切知らなかったろう。言葉が生まれる前に、生活の中で、祈りの原型のような気持になることがあっただろう。最初から両手を合わせたかどうかは分からない。だが、自分が天に向かって柱のように立っているときは、想念が散らばらぬようにいましめて、一カ所に立ちたい、という気持があっただろう。

「天」はとても美しい字だと思う。二本の横線が人という字に乗っている。「人」が二本足で立つ姿だろう。地上に立っている自分が、天から降りてくる何かを受けとる。つながりの糸が、人を立たせている。

先の「しゃれこうべ」の詩では、モグラのことを書いた。人間だけでなく、生き物も何か天上に向かって憧れる、という素質を持っているのではなかろうか。

私の魂は現《うつつ》の世界にいるけれど、越境してどこかへ行きたい、という思いも強い。実際には越境できぬから、魂だけが抜け出して行くのを、水俣では「高漂浪《たかざれき》のくせがひっつく」と言う。田舎を出ていくのだが、どこへ行くのか自分でも分からず、生涯どこで暮らしたのかも分からない、という種類の人たちがいる。私もまた、そちらの方で、しばしば魂がどこかへ行って、行方不明になり、現《うつつ》の体はただのお婆さんとして。

ところで、猫もまた、人間の膝の上では死なないと言われる。死ぬ前にどこかへ行くのを、私たちの地方では、「猫岳に登った」と言う。生類たちには、そういう傾向がある。


私は、近年パーキンソン病を患い、転びやすくなっている。足に着地感があまりなく、また手で触っても、手と物が離れている感じが付きまとい、何か倒れそうな予感を抱いていた。

二〇〇九年の夏であった。地元新聞への連載原稿を書き上げ、自宅の玄関口で手渡し、部屋へ戻ろうと振り向いた途端に転んだ。

それは、雲の隙間から、柔らかく薄くなっている所へ踏み込み、逆さになって千尋の谷へ落ちた感じであった。むろん、実際には、単に自分の身長分だけ倒れたわけであるが。

その時、足の踝《くるぶし》と脛の間あたりから、ひらひらと蝶のようなものが飛んだ。魂が抜け出した、と思った。着地した瞬間の痛みは全く憶えていない。起き上がれぬ、と諦めたら、そのまま気絶した。

真に目が覚めたのは、二、三カ月たってからである。その時から、何とも美しい音楽が聞こえるようになった。自分では、それを幻楽始終奏団と名付けている。夢の覚めぎわ、寝入りばな、あるいは日中いろいろものを考えている時に、伴奏音楽みたいに、低い弦楽器の音が聞こえるのである。遠くだったり、近くだったり、すぐ後ろだったり。

その伴奏の中で、「渚」という詩ができた。私の意識の中では、自分の額の生え際のあたりが葦の生えた渚になっている。天からは雨が降り、川の水となって流れてくる。海の水は、生き物たちを引き連れて、渚で行ったり来たり。そういうことを、幻楽始終奏団が奏でている。また、海風が起ると、蝶になっていた私は、渚で潮を吸っているアコウの巨木の枝に止まったりして、巻貝たちと共にその根元から枝先に登り、浪の上に並んでゆれているが、私である蝶もそこに仲間入りし、沖の方を見ている。例の渚から吹き上げる風の音が弦楽器の音となって海辺の森を演奏するのである。

単純な弦楽器ながら、実に複雑な音を出す。低めの音符がメインであるものの、時折高音が効果的に入る。一番美しい音による浄福を、自分の一生分も二生分も受けたという感じだ。迦《か》陵頻伽《りょうびんが》という鳥のことを思い出した。上半身は仏さまで、下半身は鳥という、極楽にいるという仏教説話の鳥である。私が癒されるばかりでなく、その鳥が指揮をして、茂道という山々を演奏しているのである。

そして、もう一つ、幻楽始終奏とは別の演奏も始まった。海風がゴーッと吹いてくると、全山の木々の梢の葉たちが一斉に揺れる。それは、あたかも千古の森を海風が演奏しているというか、何か存在の原初を、生命たちの感性を、深々と演奏しているのである。

この森には、元祖細胞という、最初の、細胞たちの親が棲んでいるに違いないとわたしは思った。この言葉は、今は亡き多田富雄先生のご著書から教えられた。

悪しき文明が、生命を細胞単位で日々滅ぼしているのは事実である。だが、この森には元祖細胞が生きている。ゆえに、人類にも希望はあるかもしれない。未来があるかどうかは分からぬけれども、希望ならあるかもしれぬと。それで、ここに来てよかったと。

ともかく、その入院中の二カ月間は、外から見舞いに来ていただいた方々には、しっかり努力して立派に応待していたそうである。だが、それらを全然思い出せない。しかし、それらの音楽と、そこで自分が考えたことは思い出せる。今は、それがどこかへ消えて、やや正常に戻っている。

自分の先祖は、父方も母方も天草である。私は天草で生まれたものの、当地の記憶はない。

水俣に来てからの記憶ばかりである。ゆえに、天草のことを、常に知りたい。

天草とは、天に草と書く。私のイメージの中では、人間や生きものが棲み始める前に、天がまずあった。それは高い空でもあるのだが、そこから億土が生まれると。十万億土という言葉があるが、土がまずできたであろう。これは、元祖の細胞と考えてもいい。

とにかく、最初には生命も何もなかったところに、生命が生まれた。十万億土の中の天の億土のようなものが、この宇宙に生まれた。その最初の島であるような。私の先祖は、草の祖のようなものだったろうと。天の草というか。

そして、天草四郎は、そういうところから生まれてきた少年ではないか、と思いたい。当地の歴史には、天草・島原の乱がある。人々は原城に立て籠ったが、ごく短期間に何万人もの死者を出した。だが、その者たちの名は奪われている。ボロ布でも引き破って捨てた扱いである。

私は、今回の新作能「沖宮《おきのみや》」では、何人かに名を付けた。そういう場面を設けた。それは私の自己満足かもしれない。だが、それをせずにはいられない。魂が鎮まった、という証拠はないけれども。

ともあれ、原城に立て籠った人々は、いろいろ工夫し、土手に砦を作ったりしていた。そして、天草四郎には、寺を造って当てがい、毎日お祈りをさせている。刀を抜いて突っ込んでいくのではなくて。それにふさわしい服装もさせている。四郎が字を書くと言えば硯と筆を持ってくる。食事も持ってくる。少年少女に美しい着物を着せて、四郎のところは神聖な見掛けにしている。

また、日々自分はどう生きたいか、何を思ったか、人間として汚いことを考えなかったか、と深く反省するように、と四郎の名前で、掟書きを作って回している。それが今日残っている。お互いに戒め合って、皆で立派にパライソという天国に行こうではないかと。

そして、断食の日を決めていた。これは決めなくても、食べるものはないのだけど、そう決めて、見たことのないパライソにあこがれ、刻々と早くお迎えがくるようにと、喜んで殺されに出ていく。

四郎は、生命というか、存在のもっているさまざまな性格を体験しようと思ったのではないか。そういう人たちに逢いたい、そういう人間のさまざまを見究めるために、自分は天から遣わされたのだ、と。天というのは、四郎にとっては、大変近い距離にあった。それゆえ、普通の人々が、四郎の態度や言葉に、何かハッとするような、神聖な、美の極のようなものを感じたのではないか。私はそういう四郎を描きたかった。

底辺にいる人たちというのは、ひとの痛みを自分の痛みとして受け取る。そういう絆をもった人たちが、原城に集まったのだろうと思う。

私は、生き残りだと思っている。

天草は流人たちの島であった。都で罪を犯した者は、それが有罪か無罪かを問わず、裁判にかけられたら、自分の故郷を追われて流されてしまう。八丈島や天草はそうした地であった。坊様、そして泥棒や殺人者たちがいたかもしれない。

その人たちは、島の人たちに自分の名も明かせぬ。自分の家へ便りを出すことも、家の方から便りをもらうこともできない。それで、たいがいは島の人たちと仲良くなり、多くはそこで亡くなった。

但し、そういう人たちには、墓も建ててあげられない。でも、名もない土饅頭《どまんじゅう》がたくさんある。身内は一人もいないものの、土の中に埋めてもらった他国の人々がいた。

お盆の頃になると、村の人たちがお墓掃除に行く。すると、自分の先祖墓のそばに、少し土が高く盛ってある。私も以前、先祖の墓を掘り上げに行った時に、土饅頭があった。

それで、墓掃除に来ていた人に、「これはどなた様のお墓でしょうか」ってお訊きした。そうしたら、「どなたか分かりませんばってん、ひと様のお墓にございます」と言われた。

この「ひと様のお墓」という言葉は、実に美しく耳に響いた。何か人間の心のかすかな灯火《ともしび》を見たような気持ちになった。私たちが生きていく途中で、前途にごくたまに感じる光というか、まだ来ぬ来世の花明りを見たような気がした。
土饅頭の草を取ってあげる。そして、自分の家のお墓にあげたお花の残りを、土に突き刺して拝んでおられた。天草とは、そういうところである。
新作能「沖宮《おきのみや》」に、天草四郎の言として、こう記した。

人はそれぞれ心の荷を抱えあぐみおり候。土をたがやす人々は、まだ見ぬ野中の涯《はて》の、来世への小径を、迷うことなくたどりゆける人々にて、その胸に、草の花々めく、ほの灯りあり。朝ともなれば大地の吐く露にて、身も心も浄めらるる者たちなればなり。

そして、こう結んだ。

かような人々と、ひとときを共にせし、わずかばかりの日々、わが生涯の幸い深き日とや言わんか。

この島国の農民というのを考えて、天草・島原の乱を描いた。農民は、肉体的な意味も含めて、人間が代々背負ってきた人生の苦しみや重荷を、ずっと受け継いできた人たちだと思う。乱で、キリシタンの人たちが唱った「歌オラショ」がある。

まいろやな、まいろやな、パライソの寺にぞ、まいろやな。

パライソという天国に参ろう、と。

私の親の世代では、「後生《ごしょう》を願いに行く」という言葉があった。今の世ではなく、生まれ変わった後《のち》の世を願いに。お寺に詣ることをそう表現した。

来世とは、現世に絶望した人たちの考え出した言葉である。近作の二句である。

来世にて逢わむ君かも花御飯《まんま》

生まれ変わったら、あの人に逢いたい。その時は花御飯を差し上げましょう。四、五歳の女の子が、花をたくさん拾い、つわぶきの葉っぱに盛って客にもてなすままごとの歌である。

闇の中草の小径は花あかり

ご先祖様も、親の親も、直接の両親も果たせなかった荷物を、来世にゆけば、下ろしてもよかろうか。こう考えて、暗い野の草の小径を行くと、向こうに幽かに一輪の花が見える。それを目指して、命のあかりとして歩んでいる。

光とは、私にとって、そのようなものである。水俣病の患者さんたちが、「水俣病を、自分たちが病み直す。引き受ける」と言われたのも、そういうあかりである。それは、もはや生身の人間の言葉ではない。仏、菩薩の言葉のように聞こえる。

生命《いのち》の中の生命が、仄《ほの》あかりになって、遠いところへ行く野道が照らされる。そういう草林の原風景を見たい。

(二〇一三年七月)

Ⅰ　石牟礼道子と芸能

二〇一七年三月一一日
於　拓殖大学　後藤新平・新渡戸稲造記念講堂

〈シンポジウム〉

石牟礼道子の宇宙《コスモス》

――『苦海浄土』から『春の城』へ――

赤坂真理（作家）
いとうせいこう（作家）
町田　康（作家）
赤坂憲雄（コーディネーター）

主催者挨拶

藤原良雄（藤原書店社長）　本日は、気鋭の方々にお集まりいただき、石牟礼道子の宇宙、コスモスを語っていただきたいと思います。数日前に石牟礼さんにお電話いたしましたら、あばら骨を折られて入院され、今日、足を運んでいただくことができなくなりました。後ほど、石牟礼さんのお写真をバックに、石牟礼さんが東日本大震災の時に作られた「花を奉るの辞」の肉声をみなさまへのメッセージとしてお届けしたいと思います。

石牟礼道子さんの最後の長編作品は『春の城』で、先ほど映画「花の億土へ」を見ていただきましたが、「私は天草の囚人の末裔だ」と言っておられました。四百年近く前、徳川時代となってまもなく、天草・島原事件が起きました。半年近くも原城跡にたてこもって、これは大変な事件だったんですね。「石牟礼さんとしては、この四百年前の天草・島原の事件をどう考えるか」と話を向けたら、石牟礼さんは、「まだこの天草・島原の事件はわたくしの中では終わっておりません」と言われました。

そうしますと、石牟礼さんが『苦海浄土』という作品で〝水俣病〟の事件を扱われたのも、この四百年の中に生きてるんだということがわかりました。この四百年の時空、これが石牟礼さんの中に今もある、ということがはっきり致しました。

今日は「石牟礼道子の宇宙（コスモス）」という大きなテーマで、『苦海浄土』から『春の城』へ」とサブタイトルをつけておきました。石牟礼さんは非常に音感のいい方で、音楽的なセンスがあり、またお声もすばらしい。それに素朴ながら美味しい料理を作られます。『春の城』の中にもたくさん出てきますね。私は何回も手料理をご馳走になりました。石牟礼さんは、楽しい方。今日四人のパネリストの方々から、そういう普段着というか飾らないそのままの石牟礼さんのお姿が彷彿とされるようなお話が出てくればいいなあと、主催者としても願っております。それが最高の卒寿のお祝いになるのでは思います。

第一部　シンポジウム〈基調発言〉

民俗学は「水俣」から逃げてきたが

赤坂憲雄　今日は三月一一日。石牟礼道子さんの九十歳のお誕生日だと聞いております。同時に、六年前に東日本大震災が起こったその日でもあります。いま石牟礼さんのメッセージの中で、「花を奉る」という言葉が繰り返し出てきましたけれども、花ということでいま僕がふっと思い出したのは、震災後に大阪の華道家の片桐功敦さんが被災地に入りまして、死者の残した痕を見つけると、そこに野の花を摘んで花を生けるということをずっと続けていました。「花を奉る」ってどういうことなんだろう、そんなこともふと考えてしまいました。

本日、僕が司会をさせていただきます。ただ、僕はこの三人の作家の方たちとほとんど初対面でありまして、きちんとした打ち合わせもしておりません。その方がいいというふうに、きっと手配をされているんじゃないかと思います。いつも藤原社長は強引な方で（笑）、僕は今日チラシでもカッコして「民俗学者」となってますので、今日は民俗学者として振舞おうかなと思っております（笑）。

皆さんお笑いになられましたけれども、民俗学者としてここに立つということは、ものすごくつらいことなんです。なぜか。実は我々民俗学者は、ほとんどまともに水俣にかかわってきませんでした。なぜなのか。「水俣」と聞いただけで、条件反射のように僕なんかは身構えてしまいます。そして、言葉にならないやましさのようなものを感じて、無力感に襲われる。なぜ民俗学者たちは水俣にかかわらなかったのか、かかわることができなかったのか。それが、トラウマのように存在します。まさに水俣出身の民俗学者である谷川健一さんに、何度か僕はこの問いを投げかけたことがあります。けれども、確かな応答はついにありませんでした。

なぜなのか。少しだけわかってきたことがあります。たとえば、今日大切なテクストとして、我々の前には『春の城』という天草島原の乱をテーマにしたすばらしい小説がありますけれども、その作品を読ませていただくと、前半部などは、どなたかが以前に行われたシンポジウムの中で「食べる場面ばかりだ」ということを言われていました。僕のような民俗学者の眼から見ますと、何という生き生きとした繊細な民俗の記録になっているのだろうと感じてしまいます。つまり、調査のような形で、たとえば水俣に入った民俗学者が、こんなに生き生きとした民俗誌を書くことができるか。絶対にできない

ですね。石牟礼道子さんという存在に対して、おそらく民俗学者たちは畏怖を覚えて、そして言葉には決してしないけれども、嫉妬に悶えてきたのだろうと思います。

水俣というフィールドから、民俗学者は逃げることしかできなかったのか。僕はそんな感想を持っています。いろんな言いわけはするんですけどね。民俗学というのは、特異な出来事とか事件といったものにかかわるのではない。あくまで日常の世界の中の、「ケ（褻）」の民俗誌を大切にしてきたんだ。だから水俣病のような、社会的な事件や出来事に、あらわにかかわることはしないんだ……全くの言いわけですよね。でも、そういうふうに語る、語られる。僕自身も、そんなつぶやきを書きつけたことがあります。

けれども水俣病であれ島原の乱であれ、そうした出来事、事件に対して、石牟礼さんは繰り返しその不幸な出来事を描くと同時に、その出来事が起こる以前の、その地域の共同体に生きられていた幸福な日常風景といったものを、同じ質量を持って描かれてきたんじゃないか。これは赤坂真理さんが書かれている、幸福というのが、たとえば『苦海浄土』においてもわれわれの中に呼び起こされる。そのことの意味というのを、きちんと考えなくてはいけないのかもしれない。そうした出来事以前の幸福な記憶といったものを描く、それがたまたま見事な民俗誌のように見えるだけなんだろうと僕は思います。

でも、震災の後、僕は被災地を巡礼のように歩き続けましたけれども、その中で幾度となく、何もなくなってしまった、根こそぎに津波や原発事故によって奪われてしまったその場所に立って、失われた風景というものを追い求めている自分に気がつきました。つまり、震災以前の世界への想像力を持つことなしには、この土地がこれからどのように変わっていくのか、そこで何が起こったのか、何が起こりつつあるのか、これから起こるであろうことを考えることができない。震災以前というものをきちんとよみがえらせる、失われた世界の幻の民俗誌といったものをつくる必要があるのかもしれない。そんなことを繰り返し考えていました。ですから今日は民俗学者といった眼で、石牟礼さんの世界、宇宙（コスモス）に少しでも近づけるような努力をしてみたいなと思っております。

楽屋裏で、パネリストのみなさんに、突然のようにまず一〇分ずつしゃべってくださいとお願いしました。ひどいもんです（笑）。先ほどの浄瑠璃で魂が抜けてしまった方もいるようですが、一〇分ずつ自由にお話しいただいて、その先はそこから考える（笑）、ということにさせていただきます。大体僕はいつもそうなんですよ。すみません、迷惑でしょうけどもよろしくお願いいたします（笑）。

まず町田さんからお願いいたします。

『春の城』で思った六つのこと

町田康　どうもこんばんは。去年の秋口に、この『春の城』という小説の話をしようやないかということで、小説家の高橋源一郎さんと、詩人の伊藤比呂美さんと熊本に行きまして、話をしたんです。伊藤さんが大体仕切っておられて、「石牟礼さんのところ行くからね」と言って。石牟礼さんは検査入院で病院におられまして、「いきなり行って大丈夫なんかな」と言ったんですが「大丈夫、大丈夫」ということでばーっと行って。そのときたまたま出て割とすぐだったんですけど、『日本文学全集』の伊藤さんと私が訳した巻のやつ、たまたまそこにあったのかどなたかが持ってみえたのか、「これ、町田さん、石牟礼さんの前で朗読して」とか言われて、「ええ、そんな入院してるところを押しかけて朗読するの、ご迷惑でしょう」と言ったら、「いやいや、そんなの構へんから」。しょうがないからちょっと、暗い気持ちで朗読して。

まあそれは何となくちょっと伝わったような感じもあったんでよかったんですけど。問題はそこから先で、そこにずっと新聞記者みたいな方がおられるんです。小説家が三人、四人、石牟礼さんを囲んで「写真撮りましょう、写真」と言って、えっ、普通嫌でしょう、入院してるところで写真とか。「石牟礼さんはこれ持って、持って」と、こうやって僕の本を渡すわけです。すごい重たい本を。「いや、それじゃ写らない」とか、結構高圧的に石牟礼さんに。石牟礼さんはごっつつらそうに持ってて、僕はその横に居て写真を撮ってもらったんですけど。それをどこかで見かけた方、今この場をかりて言っときますけど、あれは私が、押しかけていって、写真撮って自己宣伝に使ったみたいな、そんなことないですからね。僕は終始、こんなん大丈夫かなと思ってたんですけど。

だから、石牟礼さんの前に行くと、伊藤さんなんかは結構がんがん行くんですけど。「ちょっとさわって、ここが痛む」とか伊藤さんにさわらして、「これ、近代百年の痛みが私の体の中にあるんです」と。いや、これは冗談じゃなくおっしゃったんです。何か粛然として。それで、そのときに、伊藤さんががーっとこの『春の城』の話をするんやと。そうしたら、「まあまあ厳かなこと」みたいなことをおっしゃられて。

伊藤さんが石牟礼さんに「この登場人物で誰が一番好きなの」と聞いてるんです。「天草四郎時貞」とおっしゃって、みんな愕然として、「嘘」と。みんなそれぞれに意外やった。伊藤さんは「石牟礼さんは顔で男を選ぶタイプね」とかおっしゃって、天草四郎の顔を見たことないですけど。もう伊藤さんも六十なんですけど、石牟礼さんの前に行くと六十の小娘感がすごいよかった。

初めの新聞連載が「春の城」というタイトルで、筑摩書房から単行本が出る時に『アニマの鳥』というタイトルに変わって、それから藤原書店の全集と単行本ではまた『春の城』というタイトルに。この春というのは、原城の原を「はる」というのと掛けているんですね。

それでそういうタイトルの変遷があって、どっちが本意なんですかと聞いたら、『春の城』が自分の本当のつけたかったタイトルだとおっしゃって。これに関して、六つほど思ったことがあって。一つは、語り口のことですね。ものすごい天草の言葉とか。これは地元の方に伺うと、「いや、天草の言葉じゃないね、あれは道子弁だね」とおっしゃって。微妙に操作がしてあって、そもそもの厳密な天草の言葉の再現にはなっていない。

それからもう一つは、二元論的な物の考え方で戦っているというところで、その観音の信仰とキリスト教の信仰の軋轢みたいなものがかなりはっきり出てきている。

三つ目が、天草四郎の部分で書かれているのはほとんど一つのことで、殺されるとわかっているところに人をどうやって連れていくのか。滅ぶとわかっているところに、負けるとわかっているところに人を連れていって、それが矛盾せず、絶対敗北して絶対みじめに死んでいくとわかっていることをどうやって……どういう論理でそれを納得するのか。絶対負ける戦いを、どうやって勝ったことにするのか。これはほかの石牟礼さんの、例えば私の好きな小説とかでもあるんですけども、海と山の逆転現象とか、勝ちと負けを逆転させるような、そういうようなこと。

それから四つ目が、それの一つのやり方として、最後の方は宴会になって、歌舞音曲ばかりやって、もう貴族みたいになっているんですね。それが美になっていくんですけど。

五つ目に、普通僕らが少年のころ、この天草四郎時貞の物語とか子供向けに書いたものを読んだときは、大体もうちょっとはっきりわかりやすく、弾圧されたクリスチャンとその戦いが面白おかしく描かれていて、その物語が非常に面白かったんですけども、まあまあもちろん今まで言ってきたことで、石牟礼さんが描くと当然そうはならないんですが。特にそれで感じたのは、鈴木（三郎九郎重成）という、幕府というか原城を攻撃する側に入った人のその後のことが、割とやや蛇足的に、小説の本筋として描く必要はあまりないと思うんですけど、このことは絶対書かなきゃいけなかった的に書いてある。小説の中にあまりストーリーラインの中に取り込めずに、本当につけ足しのように。でもこれは絶対小説家として、小説として破綻するとしても、ここは絶対一言でも言及しとかなきゃと。物語の中に入れとかなきゃこの小説ができない、という石牟礼さんの思いがある。

それから、その課題一に関連して、普通の天草弁もそうなんですけど、小説に出てくる人、登場する人物が、犬や猫というのは大体しゃべりませんけど、その犬や猫に近いような人間にしゃべらすときに、どういう言葉をしゃべらせたりとか、その人がどういう内容のことをしゃべるのかというのが、なかなかその小説的な想像力では書きにくいんですけど、そこを書いている。

大体その六つぐらいが、この小説に関して思ったことです。

赤坂（憲） とても大切なことを簡潔にお話ししていただきました。また改めて皆さんと絡みながら、そこは少しでも深めていければいいなと思います。気になることをいっぱい聞きましたね。僕だけ盛り上がってもしょうがないんですけれど（笑）。それでは、いとうさん、よろしくお願いいたします。

大震災後に石牟礼さんを訪ねる

いとうせいこう こんばんは、いとうです。石牟礼さん、誕生日おめでとうございます。僕は一回ラジオでインタビューに行ったんですけど、それは三月一一日に関係がありまして。大震災があって、放射能汚染が起きたときに、どういうふうにこのことを考えていけばいいのか、という壁にぶち当たった人たちは、いっぱいいると思うんですね。そのときにツイッターという便利な、人がごちゃごちゃと意見を書いたりするようなところを見ていたら、中島岳志君という、思想家というのかな、それから批評家の若松英輔さん、いま『三田文学』の編集長ですけども、二人とも『苦海浄土』の話をし始めて。これを読まなければ、水俣の問題をちゃんと解けなければ、三月一一日の問題も解けないなと思って、自分もそれを読み直すようにしていたんですね。

で、不思議にみんなが、水俣のことを、今もう一回どうやって考えたらいいんだろうかと。先ほど赤坂憲雄さんが仰った、「民俗学者はこれを捉えてなかった」というのは、僕の世代から言っても、水俣の問題はある意味ちょっと手の届かないものになっていて。そこにはまだまだ問題点があって、もちろん汚染の問題と、それから土地のことをよその者が語るな、ということはどうしても出てきてしまう問題で、これは福島の問題でも出てきているわけですけれど。

それから補償が多いか少ないかということで、その共同体で分裂が起きていて。僕も去年ぐらいから東北の近くに行くと、NHKの知り合いになった人に車に乗せてもらって、結構奥まで入っていくことが何度かあって。そのときにどうしても見てほしいものがあるといって、ある団地、今も東北では何千戸もつくって、もう「マッドマックス」の世界みたいになっているわけですね。屈強な男たちがトラックでガーガーやっていて、土地の人はいないみたいな。砂塵が舞って、人の税金でただただ建築しているという。そこに仮設の人たちを連れてくるんだというんですけど、入った人たちに本音を聞く

と、こんなとこ来たくなかったと。自分たちは、縁側もあるところで。だから仮設住宅でも大体映像見ればわかるように、外に出てみんなしゃべっているんですね。そういうふうに共同体がなっていたところを、全部同じ形の部屋の中に入れてしまう。しかもお金がないので、せめてファクスをといってもファクスはない。携帯一個で中に入っちゃう。だからみんな出てこなくなっちゃう。で、孤独死していくという。それ自体も地獄なんですけど、今もなお続いてる地獄なんです。

そしてもう一つは、その団地の中でも、この地域とこの地域というふうに入れない。ある意味アトランダムにというか、バラバラにして入れているんです。ひどい話なんですけど。それで、話もできないと。しかも補償が多い、少ないという問題で、お互いがいがみ合うように近くに寄せられる。恐らくこれは水俣でも起きてきたやり方だと思います。何かの災害が起きたときに、必ずこのやり方で運動を分断する。そういうものも見てきて。で、石牟礼さんに、「どうしてもお会いしてお話を、この三・一一の問題で僕は来ました」と。

それで実際石牟礼さんも、私は三月一一日の生まれで非常につらいというか、こんな日に生まれてしまって切ないと。要するに引き受けているわけですけど、そのときに僕はふと思い出して、僕の父が九・一一の生まれなんですよね。それで、確かに父も、俺はもうあの年以来誕生日を祝ってもらいたくない、おめでとうございますなんて言わせたくないと言って、ちょっと似てるなと思いました。僕の友人にみうらじゅんという人がいまして、お母さんの誕生日が九・一一なんですよ。そうしたら、そこのおかんは「覚えてもらってええわ」って言ってるという。関西ではやっぱりちょっと違うんだと。うちの父は山国の信州人だから、じっと黙っちゃうタイプです。

それで石牟礼さんは、老人ホームみたいな養護施設に入っておられますけど、体の調子が悪いんで、僕はNHKラジオで行ったんですが、本当にインタビューできるかどうかわからない。けどとにかく行ってみようということで、ディレクターと録音機を抱えて行ったんです。なかなか会えなくて、下でずっと起きるのを待っているみたいな感じでした。

そのときに、熊本の坂口恭平という変な男がいまして、初代の内閣総理大臣と名乗って名刺もつくって、現実活動としてやっているんですけど、「石牟礼さんに会うから一緒に行こうぜ」と言って誘って行ったんです。坂口恭平って、結構いい男なんですね、気持ちもいいやつだし。一緒に待ってたら、せっかく来てくれたんだから、ちょっと挨拶をしてもいいと言われました。多分そのとき、石牟礼さんはもう断る気満々だったんだと思います。でも、まあとりあえず、挨拶して飛行機で帰ることになるのか、と思って坂口も上に連れてったんです。そうしたら坂口のことを、ベッドからちらっと見ているんです。僕のことはあんまり見ないんですよ。「こんにちは」とか言って。「その方は」ぐらいの勢いだから「熊本にいる坂口恭平という面白いやつなんですよ」みたいなことをやったら、布団の、向こう側に顔があって石牟礼さんが寝てこっち見てるんだけど、こっちから片足がちょろっと出てきて、親指がちょいちょいと動いたんですよ。ちょっと色っぽいんですよ、それが。

あれと思ってぼんやりしてたら、布団を剥いでむくっと起き出してきて、「私は話をしたい」と仰って、「じゃあどこで話しましょうか」と、ばたばた椅子を並べ、狭い部屋で、ベッドからこっちに移さなきゃいけないときに、坂口がふっと脇を持って石牟礼さんをこう抱きかかえて、こう移動させたんですよ。そうしたら石牟礼さん、ものすごくうれしそうな顔をしているんですよ。僕もあまりうまいから、坂口が介護にすごくたけた人間だと思いました。坂口が席外してくれてインタビューが始まったんですけど、打ち上げの時、馬刺し食いながら、「坂口、おまえすごい、何というか、老婆の抱き方普通じゃないね」と言ったら、「これが初めてだ」と言うんですよ。「だけど、女の子がいると思ったら、やっちゃったんですよ」と。そういう、恐ろしいほどの少女性が、石牟礼さんにはあるということですね。ある年齢をとっくに超えてしまった、何かがあります。

で、実際その話に入って、僕はすごくテレビだとか雑誌で人に話を聞くのが好きなものだから、これまでわりかしいろんなタイプの人の話を聞いてきたんです。それについてはある自信があるというか、まあとりあえず何か引き出せると思っています。その僕が話を聞いてきた多くの人の中でも、石牟礼さんは全く違う回路を持っていて。それはどういうことかというと、例えば現在この状況で、さっき言った汚染の問題としてやはり水俣を考えなければ三・一一の問題は解けないと思って来ました、どうお考えでしょうか、みたいなことを聞くとするじゃないですか。そうすると、まず全然違う話をするんですよ。昔の、私が子どものころの不知火は、みたいな話を。あれ、と思って、これ行き違いが起きたなと。でも、「いやいや、そうじゃなくて」とも言えないし、これはちょっと聞こうと思ってると、わあっと大きくなって。で、こんな歌があってみたいにして歌を歌い出して、結構それがなかなかいいブルースなんですよね。いやあ、すげえいい歌だなというので、ディレクターも音だけ聞いてるから、うん、うんとかうなずいちゃって、でも話はずれてるなと思いながら。そうすると二、三〇分して、ちゃんと最初の質問に戻ってくるんです。これは恐るべき力。本人がそれを覚えているのか、組み立てているのかも、全く判断がつかないんですね。だけどちゃんと収束してみると、何で一番最初にずれたかが全部わかるようになっている。うわあ、忘れてなかったんだと思って、はあーって感心して次の話題を振ると、また全然違う話。こんな人、僕は後にも先にも石牟礼さんしか知らないです。物語っちゃうんですよ、長編を。

『古事記』の稗田阿礼という人が、一人だったか二人だったか、三人だったか、という問題がありますけど、要するに口述をして、それを太安万侶という人が筆記して『古事記』ができたらしいけど、石牟礼と稗田阿礼はめちゃめちゃ似てるじゃないですか。石阿礼《いしのあれ》ですよ。そういう人がいて、稗田阿礼だって話の全部をそんなに覚えていたわけでもなくて、話すたびにばんばんつくっていたんじゃないかという。そのうちにオチも遠くに見えてくるから、焦った顔もせず、下手すると三時間ぐらいしゃべって最初の話に、めでたしめでたしなのか、死んでしまいましたという話なのかわかんないけど、帰結する。そういう才能を持って生まれた人というのは、何百年に一度みたいな単位でたまに出るんだな、というのが僕の感想です。

ただ、僕は今回「石牟礼道子の宇宙（コスモス）」というタイトルだけ、藤原書店さんから聞いていたので、『春の城』という作品がテーマだというのは全然知らずに今日来たんで全く読んでいないですけど、『苦海浄土』に関して言うと、何でこれがすごい書物なのかというと、普通、詩人みたいにして生まれてくると、詩的な、いわゆる文学的な能力で描写をしたり、人間の気持ちみたいなものを見事に描き出したりということをする、ということはあると思うんですよ。やっぱりこれは、文章のレベルがとてつもなく高い。ただ、もう一つは、でもドキュメンタリーの部分になるとものすごく細かく、水銀がどのぐらいあるのか、体温が何度なのか、この病気はどういうことになっているのか、痙攣はどういうものかということに対しての記述がものすごく細かいんです。あれはやっぱり、物語作家がやらないことをやっていると思う。で、ドキュメンタリー作家が絶対できない物語があるんですよ。二つできる人というのは、考えても日本の中にいないんじゃないかと正直思っています。

それは、先ほど町田さんもおっしゃっていた海山逆転みたいなことにちょっと通じるような気がするんだけど、その二重性、三重性というか、多重性というんですかね。いろいろすばらしいところがあるけど、この中に「潮を吸う岬」という、一番長く名文が続く、出だしからすげえな、と思う岬の描写の文があるんです。網があって、潮のことを言って、苔のこととかいろいろ藻のこととか、磯のことをしばらく語っているところに、改行してあって、「海岸線に続く渺々たる岬は、海の中から生まれていた」というんですよ。人間ってやっぱり普通は陸の側からこれを描写しちゃうと思うんですよ。陸の側から磯とか見ていくのに、いつの間にか向こう側からこっちを見てるという視点になってるんですね。こんなふうに岬を描写した人は、後にも先にも、見たことがないというか。その語りのレンズがどうなっているのかがわからないんです。

だからここにも記述性と詩性みたいなものとか、古代であるとか中世であるとか、近世であるとか、現代であるとかということが、いろんな視点から同時に語れちゃうので、僕らは「あれ」と思うけど、石牟礼さんにとっては、大きく投げたボールが返ってくる、このまさに宇宙（コスモス）ですよね。ぐるぐる何かの惑星が回ってて、三百億年ぐらいたったら一回回りました、ぐらいの意識なんじゃないかなというのが、僕の石牟礼さんに対する思いですかね。以上です。

赤坂（憲）　いや、面白いですね。ずっと聞いていたいですね。そういう語り部を、僕は一人知ってます。沖浦和光さんという歴史家がそうでした。こっちが質問したことにじかには答えないんだよね。この人、聞こえてねえのかよと。ほんと、三〇分ぐらいして、こちらが油断していると、突然横っ面に向けて剛速球が来る。だーん、何これと。全く違う世界の人ですけれども。

赤坂真理さん、僕と一緒の名前なんで、きょうだいなんですね、実はね。

なぜ芸能が人の救いとなるのか

赤坂真理　赤坂という姓は少しめずらしく、同姓の人には親しみを感じるのですが、赤坂憲雄先生と今日お話して、もしやわたしが『六道御前』のろくで、赤坂先生は川に流されて生き別れた傀儡使いの兄様ではないか？　などと話し合っていました。しかし、赤坂の「坂」というのは「境」に通じ、サカモノ、つまり境界域の民がいる場所です。そういうところの人間だということ。だとしたら、お互いに、古くは貧しい芸能民であった可能性は、あると思いました。

その『六道御前』の浄瑠璃舞台を先程観て、脱魂というくらい大泣きしてしまったのですが、実は、観るのは二度目です。一度目は、笠井賢一先生が石牟礼さんにその舞台を「奉納」するところに、立ち会いました。熊本の老人施設に、先生、キャスト、演奏者と作曲家の佐藤岳晶さん、藤原書店の藤原社長、というメンバーでうかがい、奉納上演をしました。石牟礼さんが「私は九十歳になります、少し長生きしすぎました。でも生きているといいこともあるのね」とおっしゃいました。ひとつ印象的で忘れられない光景があって、それはその前におたずねしたときだったかもしれませんが、笠井先生が石牟礼さんのベッドサイドで『六道御前』を朗読して差し上げるのです。すると笠井先生が、嗚咽というほどに泣きじゃくり、ほとんど声にならない。これを読むと毎回そうなってしまうのだそうです。そして「ここに僕の芸能民としての原点がある」と言う。先生をそこまで動かす芸能というものは何か、そもそも石牟礼さんがなぜ芸能を大事にし『苦海浄土』は誰よりも自分自身に語り聞かせる、浄瑠璃のごときもの」とおっしゃったのか、芸能民とは何をする人か、なぜ芸能が人の救いとなるのか、そんなことをそれから考えてきました。わたしは一人の現代人として、無意識にも、文字を目で静かに読むことに慣れきっていたと感じました。誰かの人生に、直接自分の身を入れ、それを体験し、涙し、ひととき花あかりのもとで舞を舞うようなこと、それがなぜ人の救いとなるのか。それが知りたいと思ってきました。誰かの人生を一度追体験したような感じ、そこにある不思議なエクスタシー（脱魂）体験。

今回の上演を観たら、その光景も思い出されて、涙が止まらなかったのです。

私が泣いてしばらく使い物にならないだろうと思い、優しい男性の方たちが、「じゃあ僕たち先に話しててあげるから」と言ってくださいました。

いとうせいこうさんのおっしゃった、坂口恭平さんの話はよくわかりました。石牟礼さんは、男性のみなさんに姫君のように尽くされる。身の回りのお世話をしながらお話をうかがう新聞記者の米本浩二さんとも居合わせたことがあります。石牟礼さんの話のしかたというのが、大きな軌道を描いて戻って来たりするような感じなので、「談話」にしてもそういう生活をともにするような話のとり方はむしろ合っているようにも感じたのですが、米本さんの献身も、仕事というだけでは語れない感じがしました。姫に仕えるナイトのごときです。石牟礼さんにそうさせる何かというか、魅力が、あるのでしょう。あと、石牟礼さんと同年代の男性が一人いらっしゃいました。お金をわたしていたりして、親しい。誰だろう、院内彼氏？　などと私は不埒にも考えていたのですが、帰るタクシーの中で藤原社長が「あの人は渡辺さんと言って……」と言い、へえと相槌を打った約三秒後に「渡辺京二！」と私は思わず叫んでしまって。驚いて、敬称略でした。

私は、石牟礼さんに喜んでいただきたくて、いろんなことをしました。浄瑠璃の上演とかはできませんが、好きそうな食べ物をおくるとか、好きな歌を一緒に歌ったり、ギターを弾いたり。でも、なにより喜んでくださったのは、「紅」でした。唇にも頬にも使える、天然素材の練紅です。指で、文字通り「紅をさす」という感じでさす、古いタイプの紅で、歌舞伎役者が使っているものを、一般向けに売ったものでした。そのときの反応が忘れられません。パッと顔を輝かせて、「これがなによりうれしいわ！」とおっしゃった。わたしは、ああ何よりこれなんだ、と驚きつつ、そのかわいらしさに心を打たれました。その時不意に昔の話が始まって……「昔、自分の集落に『紅さしさん』というのがおらいました」と。お化粧をする人と思いきや、それは、「病気を治したり魔を祓ったり……」と、呪術師でした。そのときに石牟礼さんが、わたしのノートに地図を書きながら説明してくださったのですが、「商店があって、このへんを、五時になると瞽女が流しだして……」など、匂いのある風が吹いてくるような描写の語りで、まるでわたしもその場にいるかのようでした。潮の匂いのするぬるい風を髪に受けて歩いていると、どこからか三味線の音が聞こえてきて……わたしは集落を歩いている。海は凪いで、低い空を鴎が、見上げると山の上を鳶が飛んでいる。そんな感じ。語りの喚起力がすごかった。

紅さしさんも瞽女も、共同体の悩みや痛みを引き受けた人でしょう。そして、音楽や舞や遊びを。そういう人たちに対するまなざしのやさしさを感じました。

あと、フクシマ、三・一一を考えるときに、福島とすごく似たところがあって。大もとをたどると、あそこのチッソだったところは塩田だったそうなんですね。赤坂憲雄先生に先程聞いた話では、福島第一原発の土地もそうだったそうです。製塩が国家事業になって三公社五現業に仕切られたとき、昔ながらの塩田は潰されて、その空き地に工場がやってくる。それがチッソだったり、原子力発電所だったり。また国の根幹を担う産業がそこに入ってくる。要は徹頭徹尾、国策に翻弄されつつ、新幹線が通るとか、そういう抱合せの繁栄が入ってきた。地域の人もその「みやこぶり」を喜んだというところがある。喜びながら毒を抱えてしまった、というところがあって。チッソというのは一企業だけれども、ある時期国策とがっちり絡み合っていて、そういう仕事をしていた。福島と本当にそっくりで、福島を知るためにもこれを読んだ方がいいし、もう六〇年間ぐらいログが全部あるという感じで。それもリアルタイムでとられているから嘘が全然なくて。保証金の多寡で地域が分断されていくとか、密告社会になってしまって人の心がすさんでいくとか。助け合うと同時に妬み合い足を引っ張り合うような人の姿も描かれている。チッソの人のところに行くときとか、チッソの人が来るときに、なぜかうきうきしてしまうこととか、そういうことはルポライターとかだったらやっぱり書かないし、運動に有利にしようと思ったら書かないと思う。

あと、こんなにおいしそうな食べ物が出てくる本を読んだことがないです。「沖のうつくしか潮で炊いた米の飯の、どげんうまかもんか、あねさんあんた食うたことのあるかな」と杢太郎の爺やんが言うのですが、これよりおいしそうなごはんには出逢ったことがありません。こういうことを言った人間があまりいなかったらしく、それで石牟礼さんに可愛って頂いたのではないかと思います。わたしは『苦海浄土』を読んだときに心身が病んでいました。毎日、することは、長大な書物をひもとくことだけで、おいしいごはんをもらっているようで、読み終えると目を閉じて光凪をじっと感じている。そのようなことをしていたら、心身が癒えたのです。本に、本当にそういうことができるとは、そのときまで知りませんでした。

少し前に、アイドルが引退して宗教団体の幸福の科学の出家者になるということがありました。キワモノっぽく扱われたけど、話を読んでみると、腑に落ちることがありました。彼女らを「芸能人」と現代社会は言うけれど、ああ「芸能民」なんだ、と。芸能の民がすることとは、やはりこういうことなんだと。彼女の言で印象的なのは、嫌な役をやるときなどに「少しのあいだ身体を貸してやろう」と思ったら大変なことになった、などです。芸能民とは、霊的なものを扱う存在なのだということがわかりました。自分を空っぽにして霊や神気を降ろす巫女のような存在。だからこそ人の苦しみを引き受けて開放することができる反面、あまりに壊れた役や悪意などを引き受けると、自分が壊れるのです。自分を空っぽにして役を入れるタイプの演技者であるなら、なおのことそうでしょう。ということは、集合意識のほうが狂っていれば、それを引き受けろと言われた役者が壊れる。

自らの敏感な心身と芸だけを糧に生きている芸能民とは、いかに芸能人やタレントと言われてもてはやされそうと、そういう側面があるのだと思いました。ああ、この人は、芸能人というより「芸能民」ではないか、と感じました。芸能人とはもともとそういう人なのだと思いました。大衆の欲望をすくいとり、そのできないことをして上げる人。だから芸能民のいちばんの機能は、苦を昇華し、死を昇華することではないかと思う。大衆に変わって死んであげること。それなのではないかと思っています。芸能民が演じるのは、基本的には異形の世界、極端な世界です。日常ではない。それが、普通の人々が日常を生きるために、必要なのだと思います。自分はできない願望を、誰かが演じてくれるのを見て、その人は日常を生きていける。それが人殺しでも心中でも。芸能民が引き受ける役の最たるものは、死んでよみがえる存在ではないかと思います。死こそは誰もの尽きせぬ興味でありながら、死ねる人間はいない。その意味で、史上最高の芸能民はイエス・キリストであるとわたしは思います。

そう考えてみると、芸能民と出家者にも、似たところがないでもない。だとすると、芸能人が出家するというのは、突飛なようでいて本質的なことにも思えます。現代社会は、祈りなど関係ないし効果もないから切り捨てて生きる、という人間たちの社会ですが、誰かがどこかで祈っているからこそ、この社会がまだ保たれている、というのは本当のことであるとわたしには思えます。

天皇の神話をつくって戦争をして負けて、そのことについて考えるのをやめ、そしてオウム事件を経て、日本社会では「宗教」はタブーとなったのですが、芸能民や出家者が持つ作用を、今一度思い出したいです。現代の芸能民から「出家」という言葉が出てきたのは、面白いことと受け止めました。

石牟礼さんの水俣病患者への接し方を見ると、どこかこういう「出家者」を遇し、敬い、共同体で養うような向き合い方を感じました。芸能民を丁重に遇するような態度も。地域性でまだそういう精神風土が残っていて、それをとりわけ色濃く持っていた方だったのではと思います。石牟礼さんは天草で生まれ水俣で育ちましたが、彼女自身は水俣病ではなく、家族にも患者がいなかった。それで患者さんのことを書くのは、どこか後ろめたかったり罪悪感のようなものを持っていたりはしないのか、と思って、その予期が私に『苦海浄土』を読むのを躊躇させた。じっさいその屈折は水俣事件の同時代人である戦後左翼にあった。『苦海浄土』を、「読まなきゃいけないと思っているんだけど」読まずにいる、と語る多くの人たちの胸のうちにあるのもそういう予期であろうと思います。が、結論を言ってみると、石牟礼さんの中には、患者さんに対する後ろめたさというものが本当にない。石牟礼さんは、かかわる患者さんやそのご家族を、心底敬っている。

私は緒方正人さんにも会ったことがありますが、緒方さんが水俣病を発症したとき、ご自身の言葉では「狂った」とおっしゃった。その経験も、出家のようにわたしには見えたのです。一度すべてを捨てて、死のギリギリまで行って還ってくる。緒方さんは、お父様を劇症の水俣病で亡くしてから、自らも水俣病を突然発症する。そのときに「狂った」とおっしゃるのだけど、持っているものを全部捨てて、車を壊したりして、チッソの被害者でありながらその産物を享受している自分も全部捨てて、生き方をゼロからさがす。生きている間に一度「死ぬ」というのは、覚醒者の要件のように思うのですが、緒方さんの場合は水俣病がその触媒になったような感じがある。もちろん、かからないほうがいい病ではあるけれど、そのもたらした光もある。こういうことが、杉本栄子さんのおっしゃった「水俣病はのさり（豊漁）であった」という感覚なのかもしれないと思ったりします。

ひとつ提起してみたいのは、水俣事件を「先住民問題」ととらえることはできないかということです。『苦海浄土』に出てくる老人の話などを読んでいると、縄文人の暮らしとはこういうものだったのではと思わされます。定住に近い狩猟採集で、「天のくれらすもん」で生きている。「これ以上の地上の栄華がどこにあろうかい」という。そして世界中の先住民政策は、狩猟採集民と農耕民を一緒くたにして失敗する。そして先住民が工業世界と直接出逢ったところに、なんらかの病がたち現れる。アイヌの精神疾患やアルコール依存の問題と、水俣病は、先住民が罹患した工業社会の病気と言ってもいいような気がします。

『苦海浄土』には、神々の楽園のようだったかつての不知火海が描かれています。何万年もの、争いのない世界。ゆっくりと循環する時間と、満ち引きする海……。

赤坂（憲）　ここまでで約一時間弱ですね。結構いま頭が回転しています。いろんなものがつながってくるなというふうに、いいお話を三人の方たちにいただいたなと思います。ちょっとここで、このシンポジウムの前に行われたイベントとつなげてみたいので、演出をされた笠井賢一さんにお話を伺いたいと思います。今の三人のお話、僕はつながるものがたくさんあったと思うんですが、いかがですか。

石牟礼世界の歌・音・祈り

笠井賢一　笠井です。先ほどの第二部の、金子あいさんがやった「六道御前《ろくどうごぜ》」を中心に演出をいたしました。私も十数年前に石牟礼さんの「不知火」という新作能を上演いたしまして、演出をしたんですが、それ以来石牟礼さんの作品をずっとやりたいと思っていまして、今日ちょっと大げさにその浄瑠璃《じょうるり》「不知火」座「石牟礼道子劇場」の立ち上げというふうにして、パンフレットに書かせていただきました。そのときからずっとやりたいと思っていたことを、随分遅すぎたんですけどやっと実現いたしました。

この作品は、『苦海浄土』とほとんど並行して書かれた『西南役伝説』という作品なんですけど、二十数年同じように時間がかかってるんですが、その作品の中で、この「六道御前」というのは完全なフィクションなんです。基本的に『西南役伝説』は古老の、当時生き残っている人たちの取材、聞き書きから始まったんですけれども、亡くなっていくわけですからできない。それで、最後にこのフィクションをつくった。だけど時代の刻印がされ、芸能の本質と時代が描かれている。そして普遍性を持っている。『苦海浄土』を出発点にして社会的なことはとても大事なことなんですけども、僕が思うに石牟礼文学の一番の本質は、歌です。祈りであり、歌であり、音楽なんですよ。石牟礼さんはものすごく音感のいい方で、赤坂真理さんと一緒に行って、童謡かなんかを歌ったことがありますけども、ものすごくいい声でしっかり歌われるし、僕らの音程が少しずれると、その音程のずれを指摘されるんです。去年の暮れの話です。

新作能「不知火」をつくられたときもそうおっしゃったんですけど、これだけ破壊された人間と自然を再生するには、本当の深い祈りと音楽が必要だということで書かれたんです。僕は能のフィールドでずっと仕事をしてきましたから、こんな能が書かれることは空前絶後です。それは時代が生んだし、しかも石牟礼さんは、あらゆる時代の感受性を芸能として受け取って、それを言葉にする力がある。そして天性の祈りの人。そのことがああいう作品になった。それで、多分ミッチンは子供時代からそうやって、キツネと交歓しながら歌を歌っていたんです。

それが晩年になればなるほど本当に作品になっていて、そういうものがたくさんあるんです。その作品を僕は、命の続く限り舞台で表現していきたいなと。

そしてこの作品は、できるだけ早くこのまま、僕の一座で、音楽、語りと金子あいとで石牟礼さんに出前します。途中で一回金子あいさんが、音楽なしで石牟礼さんに聞いてもらって、言葉のことで少し指摘をもらいました。こんなにすばらしい作品があるだろうかと、僕は演出してても本当に思うんですよ。この普遍性。例えば「隅田川」という能がありますね。皆さん御存じでしょう。能の代表的な作品です。人さらいにさらわれた子供を訪ねて、京都白河から母親がずっと隅田川まで来ると、息子が死んだ塚があった。死んだということを知って、そして亡霊と出会って、しかしその亡霊もつかの間であった。それだけのことです。これは能になり、清元でやられて、歌舞伎になって、先の歌右衛門さんたちがやった。もう世界中で上演されて、「動く大使館」とまで言われたんです。

つまり、芸能というのは、言語とか政治的なもの、イデオロギー、それを超えて人の心を感動させる。我が子を失った子供の悲しみを表現する役者がいれば、それは残されたものは平和しかない、というふうに思わせるところが芸能の力で。僕はそういうことの傍にいたいというふうに思い、今日はこういう仕事をしたということです。

第二部　ディスカッション

赤坂憲雄　ありがとうございます。「芸能」という言葉が、今日はキーワードになっていると感じています。町田さんが言われた言葉で、言葉を持たない人たち、あるいは黙して語ることない人たちの声に耳を傾ける、それを形にする。多分芸能がやってきたことはそれで、能はそれをまさに極限まで形式化したものだと思うんですが、物語とか、たぶん小説もこれに近いかなと思いますね。

さっき出てきました、渡辺京二さんが書かれた『苦海浄土』の講談社文庫版の解説の中に、とても気になる言葉が出てました。石牟礼さんが『苦海浄土』について『みんな私の本のことを聞き書きだと思っているのね』と笑っていた」と。僕は、最初にお話ししましたが、民俗学者なものですから、聞き書きということにはすごく敏感なんですね。聞いて書く。そして、渡辺さんお一人だと思いますけど、こんな言葉も聞いてるんですね。「だって、あの人が心の中で言っていることを文字にするとああなるんだもの」。もう一度言います。水俣病の胎児性の患者さん、生まれてからまったく言葉を持たない寝たきりの人の言葉を、石牟礼さんは実際に書いていい、いいんです。その確信犯的な書き振りというのが、僕は石牟礼さんの、少なくとも『苦海浄土』にとっての大切な読み解きの鍵になるのかな、というふうに感じてきました。

そしてそのことは、たとえばいとうせいこうさんが稗田阿礼の話を始められて、もう少し普遍化すると、語りと文字テキストの問題だと思うんですね。その語りを、たとえば折口信夫という民俗学者は、物語というのは霊《もの》が語るんだという。その「もの」というのは霊魂の「霊」に「もの」というルビを振って、つまり死者とかこの世のものならざる霊《もの》たちが語ることに耳を傾けること、それを書き取って提示することが物語なんだと言われている。だからいとうさんのお話で、岬を描くのに向こう側から描いている、と。つまり、生きている人間たちは陸の側からしか岬を書けない。岬の突端まで行ってみたみたいな。でも石牟礼さんは平気な顔して、岬の向こう側、向こう側にはきっとニライカナイであったり、海上他界と我々は言いますけど、あの世があったり、他界がある。そうした側にすっと身を寄せて、そこから見える光景を語ってみせる、みたいなことをすごく当たり前にやられている。

そしてそのことは、今日赤坂真理さんが僕の隣で脱魂してしまって、魂が抜けちゃったんですけれども、芸能というのがまさに魂をすくいとるとか、逃れていった魂をもう一度こちらに引き寄せて定着させるとか、そういう働き、役割をしているような気がするんですね。そこで女優さんの出家の問題を、真理さんは芸能民という言葉で言っておられて、それがおそらく石牟礼さんの世界を読み解くための鍵になっていきそうな予感があります。

それでは、まず真理さんから。

封じ込まれてきた芸能の力

赤坂真理　芸能民がもともと持っていた力や作用を、現代日本人が忘れているから、芸能民に「出家」と言われてピンとこないのだなあと、ここまで話してきて、思いました。出家と言う前に、おそらく彼女は「この役はいやだ」「この役をすると（よりしろとして）自分が危険だ」と感じたし雇用主に訴えたにちがいないのです。壊れた役を演じた役者が本当に壊れることがあります。それで自殺する役者もいます。役者が壊れると感じるような役が多いのだとしたら、そしてそれを社会集団が望んでいるのだとしたら、この社会のほうが、壊れているのかもしれない。

あの出来事がわたしにとって印象的だったのは、忘れていたふたつのことを思い出させたからです。ひとつは「芸能民」の能力のあり方のこと、もうひとつは、出家という選択肢がありうるということ。出家と言う言葉をその前によく聞いたのは、オウム真理教の全盛期ですね。オウムが事件を起こしてから、また聞かなくなった。その前に多大な犠牲を出した「皇国神話」をどのようにも反省できなかったことで、日本社会は宗教そのものをタブー化した。

今、芸能を取り巻く状況は、管理的なんじゃないでしょうか。芸能というのはまともにやったらものすごく力のあることだし、権力者にとってみたら危険ですらあることです。そのことをわたしたちが忘れているとしたら、それは、芸能が管理されているということではないでしょうか。

赤坂（憲） ちょっと気になるのは、芸能民の世界そのものが、ある種の出家のような環境だと思うんですけれども、今の芸能界というものが、そういうタイプの、巫女体質の女優さんを上手に抱え込んで育てる能力を失っているのかな。管理が強いのかなとか。

赤坂（真） そうかもしれないですね。女優さんを見て、きれいな人としか思わなくなっていますものね。

管理が強いということはあるみたいです。事務所が強いということをよく聞きますね。役柄に対して、事務所にノーと言えないとか。それと、役者自身が、ナチュラルに集合意識と感応するというよりは、集合意識の願望そのもののような役を押し付けられて消耗するようなことが、増えているのではないかと感じます。そしてそれらすべてが資本主義に飲み込まれている。

赤坂（憲） いとうせいこうさん、僕は今話を聞きながら、傑作だと思いますが、『想像ラジオ』を思い出したりしたんですけれども。

いとうせいこう 僕もちょうどそれに触れながら話そうかと思っていたところなんです。まず赤坂（真理）さんがおっしゃっていた、やましさがないというのはどういうことなんだろうと、お話を聞いて考えたんですね。というのは、二〇一一年三月一一日から数週間のことを書いたのが、僕の『想像ラジオ』という小説なんですけど、それは杉の木の上に逆さに引っかかっている死体がラジオを放送して、死者がみんな聞いているという世界なんです。半年ぐらいかけて急いで書いたんですけど、三月一一日の、命日みたいなものに間に合わせたいと思っちゃったものだから。

それを書いていて一番苦しかったことは何かといいますと、死者の代弁を勝手にしているということなんですね。僕は何の権利があってそれをやれるんだろうか。このことを死者のかわりにしゃべりたいんだけれども、それが死者を冒瀆することになっていないか。そのことで何度も投げ出したかったし、日々苦しいというか、死んだ人に何か言われている感じがものすごくあったんです。

しかし、結局芸能者とか文芸者というのは、そのやましさをぶっちぎる暴力性がないとどうしようもないんだという気がして、もういいだろうといって出しちゃったんです。それは、暴力としか言いようがないんですね。それはもう開き直るしかないんだと。石牟礼さんは、やましさがないというよりは、やましさなく語るということが私たちの芸なのだ、というぐらいのことなんじゃないかな、という気がちょっとしました。

実はこの『苦海浄土』の文庫版のあとがきに「これは浄瑠璃だ」と書いてあるんですよね。

これはものすごい宣言で、ここまで文学を書いといて、浄瑠璃って何だよみたいな。僕も浄瑠璃大好きだから、えっと思うわけだけど。それから能をお書きになった。能がどういうものか、ワキというほとんどふらふらと漂泊している人がいて、その人が死者の霊の前に立つと死者が出てきて、第二部なんて特にその種の、能だと舞うとか語ろうとするけどとめられるというような。浄瑠璃も基本的にそうで、共通点は何かというと「敗者が語る」ということなんですね。死んだということは、生産活動をしている、特に現代社会では、負けたみたいに思われるわけです。でも、その敗者が語ることにどう耳を傾けるか、おそらくそれは出家者もやっぱり同じだと思いますよ。敗者を語るとか、あるいは自分が敗者になるとか。

いま僕は実は自分でかかっているカウンセラーの星野概念というやつがいて、若い優秀な精神科医なんです。彼は自分の所属しているバンドのサポートギターでもあるんだけど。こんなに気持ちの悪い権力にすり寄る方が気持ちいいみたいになっている今の世の中って何なんだろうと思って、本を出そうといって、昨日も二時間半ぐらいしゃべってたんです。そうすると、カウンセラーは、出家者にも似ていると思うし、石牟礼さんもすごく似てると思うんだけど、例えば妄想を持っているやつが患者で来たとするじゃないですか。実際に僕らの友達でも、音楽関係者で一人いるんです。すごく面白い妄想を、本気でそれを信じているやつがいるんですけど、チンパンジーを教祖とする宗教のやつらが自分のアパートの上下左右に住んで、自分に嫌がらせをしているって普通に打ち明けて言うんです。星野君は精神科医だから「ああ、そうなんですか」と聞くんですよ。どうしてかというと、そんなチンパンジーを教祖とする宗教はないということはわかっているけど、妄想を持っている人に「それはないよね」と理屈を言ったら、ただ反発するだけなんだと。「我々精神科医は、情動の部分だけに共感するんだ」と。だから「つらいよね、それ。チンパンジーとかって、うるさいよね」「そうなんだよ、うるさいんだよ。俺すごい、眠れなくてさ」「それ、眠れないって大変だよね」って聞くと言うんですよ。理屈のところは近代、現代の理屈でいる、だけど本当に必要なことは、相手の立場に立って共感する。このトレーニングを、彼らは受けてる。精神科医とは、共感するテクニックを持った者だと言うんですよ。なるほどと思っちゃって、ますますこいつのところに通おうと俺は思いましたけど。

で、それはすごく石牟礼さんの態度でもあると思っちゃうわけです。向こう側に立つとか、海の側に立つとか、山の側に立つとかいうことを平気でやって、聞いて、しゃべれない者の言葉まで聞いて。しかも本当はそれ、ここからはちょっとやっぱりやましく思うべきじゃないかというところをぶっちぎって、いいじゃんみたいな感じで、面白そうだからいいじゃんみたいな感じでやれる。

もう一つ、話を聞いて気づいたことがあるんですけど、石牟礼さんは、音を文字にするというか、しゃべってる感じとかを文字にしたわけじゃないですか。この時点では、いわば稗田阿礼というよりは太安万侶の側、つまり筆記者の側じゃないですか。それを出版しますよね。言ってみれば、理屈で最終的に書きます。だから町田さんが言うとおり、そこは方言じゃない方がいいと思ったら平気で変えますよね。しかし石牟礼さんは最終的にこの文字が音に返ることまで考えているんじゃないか、と僕は思うんです。例のでかいサイクルで。だから芸能になるんでしょう。芸能になってこそ石牟礼さんの世界は終わるのであって、僕らは出版の、文学としての石牟礼道子しかまだ見ていない、という可能性があるんじゃないかと。だから今日みたいなことをやっているということは、ああ、なかなかやるじゃんって思ってるんじゃないですかね。「石牟礼」、いや「稗田牟礼」は。そのサイクルがでかいんだけど、僕は今まで気づかなかったな、といま思いました。

赤坂（憲） 僕の友人に三浦佑之という『古事記』の学者がいて、彼が、『古事記』はまつろわぬ者たちの負け戦ばかりだよと言っているんです。つまり敗者が語っているんです。その敗者が語るのに耳を傾けている稗田阿礼という語り手を、フィクションかどうかわからないけれども設定している。

いとう 僕は今まで敗者が語るという、根っこにそのことを考えてきたから、「たたるからなんだろう」というふうに思っちゃってたんですね。たたりを恐れて、日本の芸能って基本的にたたり神みたいな、菅原道真、天神様、長屋王とか。長屋王はなぜか不思議に文芸になってないというのはちょっと怪しいんですけど、逆に。里中満智子ぐらいしか描いてないと思いますけど。ただ、石牟礼さんのことでいま考えていたら、もともと敗者を語ることが文学なんじゃないの、という気が急にしてきちゃってますね、僕は。

赤坂（憲） 敗者がたたるようになるのは、もう少し後なんですよね。だからもう菅原道真とかの時代からもう少し前は、たたるんじゃなくて、共感して寄り添うということが、その癒しとか恨みを溶かすとかということだったのかもしれないって、ちょっと括弧にくくっておきたい気がします。

赤坂（真） 恨みを溶かす、っていい言葉ですね。ある感情と、ぴたっと一緒にいると、その感情が変容するというのを、経験したことがあります。じっさい、不思議なことですが変容が起きるのですよね。敗者が語るのが物語というと、『平家物語』もそうですが、先の戦争も、負けたのだけれどそういう語りにはできないのは、すごく不健康かもしれません。

赤坂（憲） 確かにそうですよね。ここではあまり深入りできませんが（笑）。真理さんの新書『愛と暴力の戦後とその後』や『東京プリズン』を読んでいただいて、また別の機会に。

赤坂（真） それが語れないことが、一つの閉塞感にはなっているとは思います。

いとう 別の語りになっちゃってますもんね、いま。日本会議みたいな。そういうことですよね。健全じゃなく敗者を語る方法があるんですよね。

赤坂（憲） それでいきなり教育勅語が復活、何かまずいよね。

すみません、町田さん、お待たせいたしました。今の流れでぜひ絡んでいただきたいんですが。

作者以前の耳で聞き取り、表現する世界

町田康 やましさの問題という、死者にしろ敗者にしろ、勝手に代弁していいのかという問題、あと芸能というキーワードがやっぱりすごく心に入ってきました。それでこの『春の城』という小説ですけど、こういうことをやる場合、読者の共感を得ようと思ったら、いかにひどいかを書かないと説得力がないじゃないですか。農民とか漁民とか、いろんな階層の人がいて、武士もいるんですけど、武士も二つ党があって、「小西の旧臣か」みたいな、「あいつら小西だから戦争やっても違う」みたいな。俺は有馬だから、俺は細川だからとか、お互いいろいろな派閥があってぎくしゃくするんですけど、それは別の話。そういうためには前段でいかにひどいかという話をしなきゃいけないんだけど、そのときにちょっとしんどそうなんですよ。説明になっちゃうから。

で、後半になるとがーっとノッてくるんです。もう完全に歌ですね、後半は歌ってくるんで

す、石牟礼さんが。もともと物語のある話なんで、石牟礼さんの小説にしては読みやすい方なんですけども。だから、実際歌でも、こんなのないですか、ちょっと歌ってみるとここメロディー難しいなと。しゃあけど、ここのサビが気持ちええみたいな感覚。カラオケでもそうでしょう。このサビ歌いたいがために、面倒くさいAメロは我慢して歌ってる。何かそういう感じがあるんですよね、この長い小説の中に。前半ちょっとしんどい、後半でやっぱり書いてる本人も気持ちええのがわかるんです。もちろん複雑な操作はいろいろあるんですけど。

だからそれって、やましさの問題を乗り越える一つのヒントだと思うんです。僕らはやっぱりこれを小説として読むし、小説を書きますよね。そのときに、例えば浄瑠璃でもそうですけど、どうしても作者って見てしまうんです。その人が、例えば近松門左衛門が書斎で書いたというふうにどうしても思ってしまう。でもあれは別に近松門左衛門が、個人の創作として書いたんじゃなくて、浄瑠璃芝居の台本として書いてるわけです。だから、いわばバンドをやってるようなもんです。簡単に言うたら、「ここ、メロこうなってんねんけど」、「ほんならこう変えるわ」みたいな。ここで、「ちょっと、あれ、これ、人形こないなってんねんけど、それ無理、形的に」、「ほなもうちょっとセリフでつないどこか」みたいな、そういうやりとりが実際あるわけですね。それって、だから作者じゃないわけですよ。

そう考えたときに、さっき解説で引用されていた部分、つまり「あの人がこうしゃべってるんだもの」と。それが、石牟礼さん自体が特殊な能力を持ってて……まあ持っているんだと思います、人よりは。ただ、ある作者が聞こえてある作者が聞こえないかというと、聞こえている人って、聞いている部分は作者の部分で聞いていないと思うんです。つまりいわゆる近代以降の小説の作者とか物語をつくる人という以前の、作者というものが確立される以前の、形で、耳で聞いていると思うんです、その声は。だからそれは石牟礼さん個人の業績というよりは、芸能という形とか入れ物というか、魂の共振、共鳴するような装置があって、初めてそれが聞こえてくると思うんです。それが、石牟礼さんの中に内在されていると思う。それは個人のいろんな経験とか、読んできたものとかにもよると思うんですけれども。こういうものがいいなと子供のとき思ったとか、こういうものを見たとか、そういうことも関係していると思うんですけど。そのなり方というのが、ほとんどいま小説の中に取り入れられていないんですよね。なぜかというと、僕らは頭の働きとして、どうしても個人の頭の働きで小説を書いているし小説を読んでいるから、そこから後の話で考えると、何でここで、例えば、虫やキツネがしゃべってるのがわかるわけとか、言語を持ってない人がしゃべってるのがわかるわけと。それがわかるのは当たり前の話で、それは作者以降の話じゃなくて、作者以前の耳で聞いているからわかる。それが芸能という一つのシステムとなってるんじゃないかと。

いとう　要するに、作者以前のいろんなものが同時に語っちゃうものを、拾ってるだけだから。

町田　で、それがミックスであるんです、近代以降の作者している人との。

いとう　ＤＪみたいな。

町田　そうですね、ええ。だからその配合がめちゃくちゃうまいんですよ。

いとう　ミックスがうまい。いい音でミックスして、だからやましいなんて思うこと自体が。

町田　もうちょっと散ってきたら、こっち側をあれするというふうで。だからこっち側ばかり語ってると何か違ってくるしね。そう思います。

赤坂（憲）　今のやりとりは作家の、書き手の感覚ですね。僕は以前にこの石牟礼さんの全集の中で「おえん遊行」という小説があって、その巻の短い解説を書いているんです。その小説で、まさに漂泊とか遊動とか、災害とかケガチ（飢饉）とかいろんなものが次から次に起こる惨憺たるある島の物語で、そこに訪れてくる勧進であったり乞食であったり、芸能者であったり、いろんな人たちが次から次に訪れてくる。そういう島の中で、最後の方だったと思いますけれども、ほとんど浄瑠璃語りのような場面があって、聞いている島の人たちに対して、訪れてきた芸能者がその島のことを聞き書きをして、それを物語に表わしていくんですね。そのときに、石牟礼さんはこんなふうに書かれているんです。「そのように情愛を込めて言われてみると、自分らのことであってももう一つ別の物語のように思われて、ひときわ哀れみ深く胸にこたえ、自分たちのことながら一同は涙を思いました」。芸能というある種の器に盛り込んでやることによって、その島の人たちは、自分たちの歴史でありながら、それをどこか物語の世界のように受け取りながら、それを受け止めていくというのか、そういうことがあるということを、石牟礼さんはもうはっきりわかってやられていますよね。自分の言葉による行為というのが、極めて芸能的であるということを。

町田　それは例えばこの小説（『春の城』）で言うと、もう完全に泣かせにかかっているところがあるんですよ。これから反乱を起こすキリシタンの家の家長が、子供のときからずっとその家に仕えている、信仰の違う下女に「おまえ観音やからな、これからキリシタンの戦いやから、もう俺らと一緒に行ったら死ぬから、どこか行ってくれ」と言ったら、その下女は何言ってるんですかと。「観音とキリストはちゃうけど、もしマリア様と観音様が今おったら仲よくしますよ」と言うわけです。それはものすごい単純な、芸能の泣かしのテクニック。それをわかってて、要するに無意識にそうなったというんじゃなくて、ほんまにここ、もう泣かしたろうという手つきなんです。絶対一〇〇％わかってやってる。だから何重にものその芸能に対する親和性というか、芸能に対する認識の度合いがあるんですよね。心の底から入ってるやつと、叙述の表現上の部分と。何かしゅんでる（溶け合っている）んでしょうね、多分どこかで。そういう部分があるんでしょうね。

二元論をいかに超えるか

赤坂（憲） あともう一つだけテーマを設定したいんですが。マリア様なのか、観音様なのか、どっちでもいいやないかみたいな、つまり二元論を超えること。善と悪とか、仏教とキリスト教とか、あるいは勝つと負けるとか、そういう二元論をどういうふうに突き崩して超えていくか。みんなそれをやっている。とりわけこの『春の城』のテーマは、二元論で引き裂かれた世界をどういうふうにもう一度修復することができるかみたいなことなんです。それは水俣のテーマでもあったと思いますけれども、それは僕なんかもいま福島の現場で考えていることにもつながっています。真理さん、いかがですか。さっきの「魂を救う装置としての芸能の可能性を石牟礼道子文学の中に見る、例えば浄瑠璃や能」という言葉は、真理さんのメモの中にあった言葉で、僕の言葉じゃないんでお返ししておきます。

赤坂（真） 二元論を超えるというのは、いま世界的なテーマだと思うんですね。一神教どうしで戦うとか。で、本当にどうしたらいいのかわからない、と私も思ってきたけど、現実としても比喩としても、ある種の演劇性が有効なのではないかと感じます。現実的に、というのは、本当に紛争解決の方法として演劇は用いられるということ。というのも、演劇とは、安全に他人の立場を生きられる方法であるから。もうひとつ、比喩として、というのは、緒方正人さんがぐったようなことです。それが有効だからやるのではなく、やむなく、ぎりぎりの手段として、その矛盾にまるごと飛び込んで生きてみる。あるいは緒方正人さんが「チッソは私であった」と驚くべきことを言う。繁栄を望んだりとか物質的豊かさを望んだりした自分も向こう側の人だったじゃない、というのってすごい認識ではあるけど、それはまだ二元論の中ではないかと思うんですね。そこを気づいた後がつらいわけです。それは緒方さんの同時代人だった、学生運動の人は、その自家撞着にはまって潰れてしまった。緒方正人さんがそれをどうやって超えたかなというのは、ノウハウがあるわけではない。緒方さん自身も、師も持たず本も参考にせず、とにかく、自分の感覚を信じた。とにかくそこを生きてみるしかないという感じで。習って信じてたこととかを全部捨ててみて、何もしゃべらないで……、自然の中に入っていった、自然に「帰依した」とおっしゃっていましたね。緒方さんの場合は、壊されたなりに豊かにあった自然と、その中で生きてきた体験が、糧になったのではないかと思います。それが、緒方さんにあって学生運動の闘士たちになかったことではないかと思う。

二元論を超えて行くには、身体性、演劇や心理の言葉で「プレイアウト」といいますが、身を入れて「表出してみる」しかないのじゃないかと思います。二元論とは結局、「わたしの思う相手の物語」に絡め取られて、それが許せるとか許せないとか、言っている次元だと思うので。

赤坂(憲) 唐突なんだけど、柳田國男が『遠野物語』の序文に書きつけた言葉で、「感じたるままを書きたり」とあるんです。語り部の佐々木喜善に聞いた話を、「聞きたるままに」ではなく、「感じたるままに」書くというんですよ。僕はキーワードだなと思います。

やっぱり芸能ということが大きいと思いますね。だから一回で別に恨みは溶けるわけでもないし、解決もしない。でも、能なんて同じテーマを延々と繰り返しているわけでしょう。見ている人がもうわかっていて、でもそこで鎮魂が行われる現場に立ち合う。何度でも、何度でも立ち合う、立ち合い続ける。それによってしか恨みや、恨(ハン)も、溶かせないだろうなと思います。

赤坂(真) 「立ち会う」というのは、一つのキーワードだと思って。本当にそこに身を置いてみる、身を入れてみる。そうしたら、頭で信じてたこととかと全然違う世界が現れてくるような気がします。

赤坂(憲) いとうさん、いかがですか。

いとう 「自分がチッソなんだ」と言い出すということは、僕も最初にやっぱり二元論をどう超えるかということに関しては思うんですけども。それはさっきカウンセラーというか、精神科医の星野君が言ってたみたいな、共感とは「ほんと単純に言って、相手の立場に立つってことなんですよ」って、「相手の気持ちになるということなんですよ」と。共感すると相手が救われるように思ってるけど、こっちが大体脱魂するでしょう。脱魂したら、自分は抜けるわけだから、それは一つあるんじゃないかという。

で、人間としてそれはすごく立派なことと言えるけど、その共感を読んでいる人間にもさせるというところに、町田さんが指摘したある「ずるさ」というかテクニックが必要になってくるんじゃないかなと思います。素直さとずるさがそれこそ共存していないと、石牟礼さんの文学にならないんじゃないかなと。

一つ、浄瑠璃にも謡にも、謡曲にも——僕は謡曲を二年ぐらい稽古してるんですけど、その前に浄瑠璃の稽古をしてて——ト書きというか、セリフでない地の、台本のところに「色」と書いてあるところがあるんです。語るでもないし、謡うでもない。それってやっぱり中間を行くのかなと。いま僕も聞いてて、語りが歌になるときが、やっぱり一番来るじゃないですか。で、歌っているのに急に語り出すぐらいのときも、結構ぐっとくるんですよ。わっと歌っといて、その尻尾のとこから、え、いつセリフになったのみたいなのって、たまらないものがあるんですよね。石牟礼さんの文学は、そこを行っている。

さっきのチンパンジーの妄想の話に戻りますが、妄想って「結果、ドーパミンの量が人より多く出るということなんですよ」って言うんです。ドーパミンが出ると考えが鋭敏になる。出過ぎると、鋭敏どころか経験もしてないことを論理づけてしまうと。それで言うと、色というのはドーパミン出して、下げて語っといて、またしばらく行ったら出すとかという、それこそ芸能民が持っていたカウンセリング効果。それをやることによって、相手も敗者の気持ちがわかるという。そうするとあまり戦わずに済むとか、人類として生き残りやすいとか、単純にそういうことかなと。だから僕らも、やっぱり語りに、ここは色なんだと言えるところを書かないという、戒めを自分で感じました。

赤坂（憲） 国文学者の広末保さんの遊行芸能論なんかまさにそれで、遊行の芸能者たちが、技法というかテクニックを駆使して、共同体の中に入ってきて語りや芸を演じながら、人々の恨みを溶かしたり、けがれを自分が背負って持ち去るとかね。日本の芸能の力の歴史ってすごい。石牟礼さんは、このことを熟知しているよね。だから今日笠井さんの演出で見せてもらった部分にもありますけれども、芸能としての石牟礼道子文学というのは、すごい大切なテーマだなって改めて感じました。

町田さん、ちょっとお話をしていただけますか。

町田 二つあるんですけど、一つは語りと歌の問題、それから二元論を超えるという問題です。まず二元論をどうして超えていくかという問題ですけど、石牟礼さんの小説をよくよく読んでいくと、これは僕だけかもしれませんけど、人間はもう滅亡した方がいいんだと言う。要するにいわゆる持続可能とか言わないで、もう滅びるべきだ、ただし、きれいに滅びるべきだと。その滅びることを悪いとか、あまり思わないようにしなきゃだめ。それは個人で言うと、人間というのは死ぬ。死ぬのは何となく嫌だというメカニズムがあって、なかなか自殺ができない。でも死ぬことも含めて、人間というのは滅びるという方が、まあ順当に言って間違いじゃないようにしよう、という一つの方法だと思うんですね。

それからもう一つ、そのための一つの実践的なやり方として、例えばあるまとまった思想、感情があるとしますね。それを何かわかる形で表現しようとして、例えば近松の浄瑠璃ができたのも、それは微妙な線のとこがあって、つまりあの節があるからこそあいうものができたんであって、節とか何もなしに、あなたすばらしい文学書いてください、どんな突飛なものを書いたって浄瑠璃にしますから、どんな制約もなく、自由に、あなたのイマジネーションを好きなように一〇〇％発揮してください、と言ったら、できなかったと思うんです。ある程度、経済的な制約とか、いろんな音楽的な制限とか、そういうものがないとできなかったと思うんです。そこから生まれてくるものって、順番が逆じゃないですか。普通我々は、順に行くじゃないですか。でも、結局それがばらばらの人間の感情の藻屑になるんですけど。でも歌みたいな、もともとそもそも人間の感情の藻屑みたいなものを、多少整理したようなものを書くとかね。音楽とかから逆算して文字を紡いでいくという、僕はそれを解決とは言いたくないんですけど、滅びの美しさのようなものがあるんじゃないですか、ということを僕は言いたいですね。

負けんと負け、みたいな。

厳しい夜を超えていくしかない

赤坂（憲） 近代の私小説的なものが核になってしまった文学の流れが、まさにこういう芸能的なものを全部排除して、純化する方向に行った。それゆえの衰弱を、石牟礼さんは全く感じさせない。つまり芸能的なものを持ち込む、ある意味では『想像ラジオ』なんて、すごく芸能的かもしれないですね。

いとう あれは多分映画にはできないですけど、舞台には超できると思っていて。だから講談にしてもらうとか、別に素浄瑠璃で語ってもらえば、死者は全然、ばんばんしゃべってくると思うんです。それは、やっぱり芸能だからできることですよね。

赤坂（憲） 今日はとても面白かったです。三人の作家の方たちが、自分も作品をつくる者として石牟礼さんという巨大な作家をどういうふうに読むのかということで、いろんなヒントがあったなと思います。

今日、赤坂真理さんが「食べること」からの切り口で語られていて、僕はすごくそれが大切だと思っているんですね。実は災害とかって、「食べること」なんですよ。東日本大震災でもね、もう「食べること」というのは至るところにテーマとして転がっていて。たとえば食べるというテーマで東日本大震災を描いてみたら、何が見えてくるかとか。

最後に一つだけ言わせてください。東日本大震災では三千人近い行方不明者が出ています。つまり、遺体が上がってないんです。あまり公の場では語られませんけれども、震災の年の夏あたりはもう被災地を歩いていると、タコとか魚食いたくないという人たちが多かったんです。つまり人間も、食べる／食べられるという、食物連鎖の中に巻き込まれているということをとことん知っているんですね。だから「食べたくないな」と言いながら、でも、ある漁師が「だから俺は食べるんだ」というふうに言い切った、その言葉ってすごく強いなと。つまり自分がその中に巻き込まれていて、魚を食べているけども自分も食われるんだ、ということをきちんと知っている、理解している、覚悟を決めている。「食べる」というテーマで近づいていこうとすると、そういうことが実はたくさん見えてくる。

福島では今、イノシシを殺しても食べられなくて、倉庫の中に大量に積み上げられている。食べるということをめぐって実はとんでもないことが起こっているけれども、なかなかそれは言葉にされない。そんなことをふと思い出しながら、僕は実は二月に初めて水俣を少しだけ訪ねました。そのときに痛切に感じたのは、福島はまだほんの始まったばかり。これからたくさんのことが起こるに違いない。石牟礼さんの言葉ですけれども、「幾千、幾万ののたうち這いずり回る夜を超えていく」しかない。その中で、そしてその先に、「もやい直し」とかいろんなことが始まるのかもしれない。だからまだ本当に始まったばかりで。それなのに国は何もなかったかのように、帰還ということを進めています。このまま終わるはずがない。

今日はとても濃密な時間を皆さんと過ごすことができたんじゃないかなと思います。おつき合いいいただきまして、どうもありがとうございました。

（二〇一七年三月一一日／於　拓殖大学　後藤新平・新渡戸稲造記念講堂）

花を奉るの辞

春風萌《きざ》すといえども　われら人類の劫塵《ごうじん》いまや累《かさ》なりて　三界いわん方なく昏《くら》し
まなこを沈めてわずかに日々を忍ぶに　なにに誘《いざな》わるるにや　虚空はるかに　一連の
花　まさに咲《ひら》かんとするを聴く
ひとひらの花弁　彼方に身じろぐを　まぼろしの如くに視《み》れば　常世なる仄明りを　花そ

の懐に抱けり
常世の仄明りとは　あかつきの蓮沼にゆるる蕾《つぼみ》のごとくして　世々の悲願をあらわせり　かの一輪を拝受して　寄る辺なき今日《こんにち》の魂に奉らんとす
花や何　ひとそれぞれの　涙のしずくに洗われて咲きいずるなり
春風萠《きざ》すといえども　われら人類の劫塵《ごうじん》いまや累《かさ》なりて　三界いわん方なく昏《くら》し
まなこを沈めてわずかに日々を忍ぶに　なにに誘《いざな》わるるにや　虚空はるかに　一連の花　まさに咲《ひら》かんとするを聴く
ひとひらの花弁　彼方に身じろぐを　まぼろしの如くに視《み》れば　常世なる仄明りを　花その懐に抱けり
常世の仄明りとは　あかつきの蓮沼にゆるる蕾《つぼみ》のごとくして　世々の悲願をあらわせり　かの一輪を拝受して　寄る辺なき今日《こんにち》の魂に奉らんとす
花や何　ひとそれぞれの　涙のしずくに洗われて咲きいずるなり
花やまた何　亡き人を偲ぶよすがを探さんとするに　声に出《いだ》せぬ胸底の想いあり　そをとりて花となし　み灯りにせんとや願う
灯らんとして消ゆる言の葉といえども　いずれ冥途の風の中にて　おのおのひとりゆくと

きの花あかりなるを　この世のえにしといい　無縁ともいう
その境界にありて　ただ夢のごとくなるも　花
かえりみれば　まなうらにあるものたちの御形《おんかたち》　かりそめの姿なれども　おろそかなら
ず
ゆえにわれら　この空しきを礼拝す
然《しか》して空しとは云わず　現世はいよいよ地獄とやいわん　虚無とやいわん
ただ滅亡の世せまるを待つのみか　ここにおいて　われらなお　地上にひらく　一輪の花
の力を念じて合掌す

二〇一一年四月二十日

石牟礼道子

II

『完本　春の城』をめぐって

二〇一七年一〇月一八日
於　座・高円寺2

私たちの春の城はどこにあるのか？

——『完本　春の城』の解説から——

田中優子

『完本　春の城』（以下、『春の城』）には、日本人が忘れてはならない三つの事柄が込められている。第一は島原天草一揆（一六三七〜三八）という、大きな歴史的転換だ。第二は、この地方の人々が「もだえ神」と呼ぶ深い魂。そして第三は、近代日本に矢のように突き刺さって決して抜けることのない水俣事件である。

この三つは『春の城』のなかで関連し合いながら、今とこれからの人間に、決断を迫るかのように差し出されている。

第一の島原天草一揆は歴史の教科書を見れば必ず書いてあるだろうが、実際にはそこにどのような暮らしがあり、何が引き金となってあれほど壮大な出来事になり、それを契機に何が変わったのか、そこまでは教科書にも歴史書にもあまり書かれていない。むしろ「乱」と名付けること、しかも切支丹の乱、と片づけることで、年表の彼方に消え行くように仕掛けられているのだ。

文学、とりわけ小説の役割として、片づけられてしまったものを呼び戻し、その中に生きていた人に再来してもらって紙の上でもう一度生きてもらう、ということがある。これは古くは俳優《わざおぎ》や人形《ひとがた》がやってきたことで、夢幻能では死者が橋の向こうから至り来て語り、歌舞伎も、厄介者としてあの世に送り出された「かぶき者」が舞台に蘇ることで始まり、人形浄瑠璃は「げにや安楽世界より今この娑婆に示現して、我らがための観世音。……札所の霊地霊仏廻れば、罪も夏の雲」と、心中で死んだ十八、九歳の少女が、人形となって観音を巡り、そのとき、「かんのん」の慈悲によって「つみもな」くなることが音によって予言された。こうして再来した死者を弔った。

そこで『春の城』は、三万七千人もの人々が亡くなった「原の城」すなわち「はるのしろ」を「春」の城として再生した。片づけられてしまったあの出来事は私たちの前に再び現れ、最後にその空にはアニマ（魂）の鳥が飛び、その海にはアニマの舟が漕ぎ出して、アニマの国に渡っていく。アニマの国とはいかなるところか、この小説を読む者の中にかたちをとる。アニマの国とは「もだえ神」が生きている国のことで、それは、かつての天草にほかならない。

原城では何が起きたのか。一六三七（寛永四）年、旧暦十月十五日のことだ。この日は新暦十二月一日で、もう風が寒かったはずである。この日、加津佐じゅわん（本書では寿庵）から廻状がまわった。そして二十五日には、有馬の百姓が代官を殺して蜂起する。一般には、この日が島原天草一揆勃発の日とされる。二十七日、大矢野の大庄屋である渡辺小左衛門たちが「立ち返り」を表明して蜂起し陣を構える。「立ち返り」とは、弾圧によって一度信仰を捨てた（あるいはそう見せかけた）人々が、それを悔いて再び切支丹になることである。天草島原一揆は、立ち返りの人々が中心になった。そのことに、この一揆の重要な意味がある。

島原天草一揆は、島原の領主である松倉家の苛政が原因の百姓一揆なのか、それとも切支丹の蜂起なのか。今までも意見は分かれてきた。『春の城』にも書かれた「矢文」のやりとりは、一揆勢と幕府軍とのあいだで実際にあったことだが、そこから分かるのは、どちらでもあるという事実だ。幕府上使の松平伊豆守へあてた「天下へ之恨、かたがたへの恨、別状ござなきそうろう」という矢文も確認されている。松倉家からかけられた重い負担（苛政）には恨みをはらしたい、という矢文もあり、一方で切支丹であることさえ許してくれればそれでよい、ともある。切支丹でない人々も原城におり、切支丹ではないが苛政に恨みを持つ人、信仰を強制された人、一揆への参加を強いられた人など、多様な人々が原城の中にいたのだ。

『春の城』でも、「切支丹になったわけじゃござりやせんが、こたびは男として、加勢に参りやす」と言って参加する者を書いている。仏教徒のおうめが「ナンマイダブ言う口の下から、大枚下されと手を出す坊さまのことも、あたいはよう知っておりやす。アメンの衆にも、ろくでもなかはずれ者はおる」と切支丹から受けた屈辱を語っている。一揆衆が「ためらっている者たちを罵ったり、脅迫したりする者もあらわれた」という記述もあり、火をつける者たちがいたことも書き込んでいる。『春の城』は切支丹や一揆勢を美化することはない。残っている記録を丹念に読み、事実に基づいて、そこにいた者たちの心の声を聞こうとしているのだ。その方法は『苦海浄土』の方法でもある。

島原天草一揆は百姓一揆でもあり、同時に切支丹の信仰を守るための戦いでもあった。彼らが暴力にさらされ、人として自由に生きる権利を失っていたのは事実だった。島原藩・松倉家の課した極端に過重な年貢、拷問、処刑。天草を領有していた唐津藩・寺沢家のおこなった石高偽装による重税など、江戸時代初期の藩主たちが功を焦るなかでおこなった苛政の中でも、島原天草の状況は常軌を逸していた。島原天草一揆後、松倉勝家は斬首となり、寺沢堅高は自害の後お家断絶となる。この場合苛政とは、重税だけの意味ではなかった。

秀吉による九州平定後、一五九六年から九七年に、有馬と大村の教会約一三〇が破壊焼却され、二六人が処刑されている。一六一二年には幕府が禁教令を発令し、有馬晴信は自刃して果て、そこから斬首、火刑が始まった。このような状況下で自らの内面（信仰）の自由を屈辱的な状況で捨てさせられることも苛政である。このことは近代になっても繰り返されており、今後も繰り返される可能性がある。

さて、蜂起の後、島原藩、唐津藩、熊本藩は相互に連絡を取り合って動いていた。十月二十七日の蜂起のあと、三十日に渡辺小左衛門は捕縛される。そして事態は大坂町奉行に知らされる。この段階で、この一揆は地域の一揆から、日本全体の存続にかかわる幕府の問題になったのだ。十一月九日には情報が江戸に届き、幕府は板倉重昌と石谷貞清を上使として現地に送った。彼らが小倉に着いたのは十一月二十六日で、西洋暦では年が明けて一六三八年一月十一日になっていた。この間、四郎は天草に陣を置き、やがて富岡城を攻めたが攻略を諦めて、廃城となっていた原城を修理し、そこを陣とすることを決めた。一揆勢は原城に入り始め、十二月三日、ついに四郎が原城に入った。十日、到着した板倉重昌は原城の攻撃を命ずる。そこから旧暦の元日も含めて頻繁に原城を攻撃するうち、板倉は一揆勢の銃弾に倒れる。そこに、次の上使、松平伊豆守が送り込まれる。一揆は本来、年貢を納める相手に対して起こすものだが、この一揆は幕府との直接対決になった点で、それまでの土一揆と異なり、この後の百姓一揆とも異なる。最終的に各藩の兵力を統合した幕府軍は一二万人以上にふくれあがった。一揆勢の三、四倍の人数である。

　江戸時代の一般的な一揆を考えてみる。一揆には厳密な手順があった。まず徒党を組み、頭取（首謀者のこと）を中心に契約文言、起請文を作る。参加者たちはそこに円形に署名する。その署名を傘連判《からかされんぱ》、傘状連判、車連判、天狗状と言う。円形に署名することで頭取が誰かわからなくなり、首謀者の逮捕を逃れられるからだが、島原天草一揆の場合、頭取は四郎であって、そのことは隠されていない。連判状の段階で「一揆」が成立する。

　一揆が成立すると、愁訴と言い、言葉で窮状を訴える段階がある。要求事項とその理由を記載した「百姓申状《ひゃくしょうもうしじょう》」を読み上げ、要求相手にこれを渡す。越訴《おっそ》がおこなわれる場合もある。代官へ訴えるべきものを領主に訴えたり、藩を飛び越えて幕府に訴えたりすることである。愁訴または越訴が受け容れられなかった場合、集団で訴えに押しかける。一揆の呼びかけは、頭取のいる村を「発頭村《はっとうむら》」として廻状を作る。廻状には一揆の目的、日時、年齢範囲（ほとんどの場合十五～六十歳）、廻す方法、違反者への罰則が書かれる。このときに打ち毀しがおこなわれることもおこなわれないこともある。打ち毀しとは、一揆が大庄屋、庄屋、地主、在方商人、都市富商などの豪農商の家屋・家財を破壊し、衣類、金銭、穀物、証文類を切り裂き、まき散らすことである。土蔵の放火もあるが、窃盗は厳禁だった。一揆当日は蓑を着て笠をつける。出動篝火をつけ、たいまつを持ち、鐘や半鐘が鳴らされ、ほら貝が吹かれ、ときの声を上げ、出動をうながす。最後の手段は逃散《ちょうさん》である。逃散は、愁訴、越訴、強訴いずれも受け容れられなかった場合、百姓たちが田畑を捨て、山林に入ったり、他の土地に集団で移住することを言う。藩は経済的基盤を失うことになるので、逃散だけは避けたい。そこで交渉に応ずるのである。

しかしこれは、島原天草一揆の後に成立した百姓一揆のプロセスと手続きだ。大橋幸泰は『検証　島原天草一揆』（二〇〇八、吉川弘文館）で、島原天草一揆は土豪一揆の段階から惣百姓一揆へ変わる分水嶺となった一揆だったのではないか、と述べている。確かに後の一揆のような詳細な手続きがなく、傘連判のような頭取を守ろうとする気遣いも見当たらない。後の一揆は、要求とその相手と一揆の継続意志が具体的で明確だが、天草一揆は要求し尽くした後に、絶望とともにいきなり廻状、一揆、打ち毀し、逃散が同時におこなわれている。越訴は意図的でなく、幕府の上使まで江戸からやって来てしまったことで、結果的に越訴になった。一揆は出動の時に鐘、半鐘、ほら貝、その他百姓の様々な道具をたたいて「音を出す」ことも特徴だが、それもおこなわれた。『島原天草日記』には、城中においてたびたび太鼓が鳴り、舞い踊り、歌が聞こえる、と書かれている。「かかれかかれ寄衆もつこてかかれ、寄衆鉄砲の弾のあらん限りは」「とんと鳴るは寄衆の大筒、鳴らすとみらしょこちの小筒で」「ありがたの利生や、伴天連様のおかげで寄衆の頭をすんと切支丹」という歌の歌詞まで記録されている。原城の中で歌い踊りながら戦いを乗り越えようとしていたのだ。とにかく、一揆の特徴が手順をふまずに全て原城に集中している。

日本のグローバリズムへの対応という観点でも、島原天草一揆は歴史の転換点であった。当時のオランダ商館長クーケバッケルは幕府に依頼されて大砲を提供し、オランダ船二隻が海に待機して、発砲の準備をしていた。もし本格的な発砲をおこなって原城を徹底的に破壊することになったら、それを契機に日本はオランダ東インド会社の支配下に入ったであろう。それはポルトガル陣営が日本に軍を派遣する理由となり、日本はポルトガルとオランダの代理戦争の現場になったに違いない。一揆勢はポルトガルの援軍を待っていたという説もある。実際には交渉する時間がなかったと思われるが、島原天草一揆は浪人たちによる周到な幕府転覆計画であったとも言われる。この一揆から十三年後に由井正雪の乱が発覚することを考えると、浪人たちの反幕テロリズム・ネットワークが出来上がっていた可能性は高い。彼らはポルトガルを利用する計画を立てることもできたであろう。結果的にこの後、ポルトガルは出島から永久に追放され、オランダ東インド会社が出島を占有することになった。

しかし石牟礼道子は、この出来事の日本史的意味を探るためにこの作品を書いたわけではなかった。むしろ冒頭に示した第二、第三のまなざしが、この作品の価値なのである。『春の城』の構想を尋ねられ、石牟礼道子はこう答えている。「知り合いが病気すると「もだえてなりともかせせんば」と言う人がいる。何もできないけれど、治ってほしいといういちずな思いが病人の力になれば、という意味。今の世の中が忘れている心ですが、そんな人たちの中にキリスト教が入っていった。失われた日本人の魂を書きたいと思います」と。

「かせせんば」は加勢しなければ、つまり助けねば、という意味だ。実際に助けることができなくとも、という気持ちが「もだえてなりとも」の言葉にこめられている。これを石牟礼道子は「魂」と言う。アニマである。そこにキリスト教の「大切」が入ってきた。「大切」とは、愛という訳語ができる前に使われてた訳語で、愛より大切の方が、もとの意味を強く切実に表している。『春の城』には「大切」という言葉が繰り返し書かれている。たとえば四郎が六助という貧しい百姓のことを語りながら、「小おまい畠をば、えらい大切にしとるぞのう」と言う場面がある。貧しくとも丁寧に大切に生きる者こそ、四郎があこがれてやまない人なのだ。

四郎は「もだえ神」であった。四郎がもう一人の母親のように思っている長崎の「おなみ」

は、天草出身のもと遊女であった。その生まれ育った地域を聞いたとき、そこを目にしたことのある四郎はひどく辛い気持ちで「非情な風景」だと感じる。「あのような村に暮らす者たちの祈りは切ないものでござりまする」とおなみは言う。四郎は、「崖っぷちの村で幸い薄く生きながら、海の彼方の異国を寺をまぼろしに視て、こがれ死にする一生があるのだ」と思う。おなみ、六助、孤児のすず、国を追われた混血児たちなど、哀しみは貧しさや苛政にのみ由来するのではなく、差別や排除のなかにもあり、「まことの信仰とは、人びとの生ま身の場にあるものでござりましょう」「これからは人の世の心の仕組みを、書物ではなく、じかに読み解いてゆきたく存じまする」と思い至る。島原天草一揆の原因は重税にあるかも知れないが、そこに天草の「もだえてなりとも」と切支丹の「大切」が重なることによって深まった魂があってこそ、アニマの国をめざす戦いに収斂していったのであろう。天草は、石牟礼道子の母、ハルノさんの生まれ故郷である。ハルノさんの両親の吉田松太郎とモカは、天草郡下浦村（現天草市）で生きてきた人たちだ。天草とは日本にとって何か？　石牟礼道子は水俣病と向き合いながら、自らの魂の源泉としての天草を見つめる必要があったのであろう。

ところで、一揆はもともと「一味神水」をおこなう。神に捧げた水をまわしながら、神の力によって一揆を結んだのだ。経済的な理由だけではなく、人が人として生きる誇りを傷つけられたとき、神の前で一揆は成り立った。その神が仏陀であろうとデウスであろうと一揆は可能になる。違いがあるとすると、切支丹信仰の中には、犠牲としてのキリストがおり、それを知りながら最後に子供を自分の腕の中で見取らねばならないマリアがいることであろう。

『春の城』では、四郎がキリストに見える。島原天草一揆を物語化した『天草騒動』は、四郎が「二歳より言語よく分かり、三歳にて書をしたため……学問剣道を好み……一を聞て十を知り……折々奇術を行ひける」と書いている。「下に白無垢上に紫綸子を着、紋紗の長上下を穿ち、金造りの差副えを横たえ……色白く、眉秀で威有て猛からず、実に義経とも云べき容体なり」という記述は、四郎を義経に見立てることで理解しようとする江戸時代の考えが見える。呪文を唱えると鳩が卵を産み、その中に天主像と巻物が入っている。人を思うがままにし、病人は正気になった、という聖書に書かれているキリストの奇跡のような伝承もあった。しかし『春の城』に出現したのは、「もだえ神」としてのキリストである。奇跡に見えたのは唐人から教わった奇術だ。四郎はあくまでも日本人である。しかしそれでも、強く印象に残るシーンがある。それは四郎の最期の場面だ。おなみに抱かれて死ぬ四郎は、マリアがキリストの遺体を抱く「ピエタ」そのものなのである。ローマのバチカンに納められているミケランジェロのピエタは、「哀しみ」を個人の次元から人類の次元にまで高めた作品だが、それ以外にも数々のピエタがあり、それらは哀しみの集積として西欧文化の中に蓄積されている。

江戸時代には「見立て」と「やつし」という方法がある。四郎はキリストのやつしであり、四郎はキリストに見立てられている。そして今、水俣事件を通して私は、石牟礼道子が四郎に見える。天草の「もだえ神」として、多くの哀しみをみとり、その腕に抱くようにして患者たちを書き留めてきた。チッソ本社座り込みのときに石牟礼道子は、島原天草一揆について、「乱を起こした人たちと私はつながっている」と感じたという。近世においては家と身分と禄を守るために、近代においては企業と自治体と国家を守るために、多くの個人がおとしめられる。市民としての個人は、つながり、戦い、訴えることによってしか、自らを救えないことがある。『春の城』は、時空を超えた普遍の物語である。私たちが市民としての個を救い合うための拠点、すなわち「春の城」はどこにあるのか？　そのとき、私たちが救い取るのは限りのない経済的満足なのではなく、アニマ（魂）の深さであることを「忘れないでほしい」と、石牟礼道子さんは、おっしゃるに違いない。

引用文献

「天草騒動」「島原一揆松倉記」「山田右衛門作以言語記」「天草土賊城中話」「十時三弥介書上之写」「別当杢左衛門覚書」「島原記」「島原天草日記」歴史図書社『戦記資料・天草騒動　島原天草軍記集』所収、一九八〇年

〈講演〉

石牟礼道子『春の城』のこと

田中優子

チッソ社籠城と『春の城』

皆様こんばんは、田中優子です。今、すばらしい不知火の海の映像を拝見できて、とても幸せな気持ちになりました。水俣の病は、あの海が失われたということなんですね。あの海の映像を見ますと、私はいつも『苦海浄土』の中の一節を思い出します。杢太郎のおじいさんが石牟礼さんに語るところですが、「かか」、つまり奥さんと一緒に船で漁に出る、二人きりで。そして一日中その船の上で過ごすのですが、そこで御飯を炊いて、魚を釣って、焼酎を飲みながら波間に揺れて、そうやって毎日生きていられる。天の魚ですね、天のくれらすもの、そうやって自分たちは、というか人間はそれを得て生きている。その海が、はるか天竺にまでつながっている。非常に壮大な話です。

その暮らしは一体何だったのだろうということを、私は初めて石牟礼道子の『苦海浄土』を読んだときに思いました。私はあるきっかけがあって『苦海浄土』を読むようになって、そのときにはまだ江戸時代のことに関心はありませんでした。江戸文学には全く無知でした。しかしその後でわかったのは、近代というのはこういう生活を失うことだった、ということです。そうやって多くを失ってきた。ですから水俣の事件はその歴史の上に立っているのであって、決して特殊な事件ではなかった。海を見ながら、改めてそう思います。

しかし、まだ地球上に海は残っています。かろうじてと言いましょうか、プラスチックのゴミが浮いていたりもしますが。その環境を、私たちはどのようにして見直していくのか、失わずにいられるのか。「持続可能性」と言いますが、それは何かというと、失わずにいられることです。

今日、最初にお話をしようと思ったのは『春の城』のことです。『春の城』にはさまざまな意味があります。一九七一年、石牟礼さんは水俣病の患者さんと一緒にチッソの東京本社に籠城し、そのときにこの『春の城』の構想を得たと書いています。チッソの東京本社が『春の城』、つまり闘いの拠点でした。「水俣にいるよりここにいる方が自然だと思った」とも書いています。つまりあのとき闘うということは、チッソの本社にいて、みんなと一緒に籠城することだった。そしてそこには日常の生活があって、みんなで笑い転げたり、冗談を言い合ったりして過ごしているわけです。そういう記述が『苦海浄土』の二部、三部に書かれていきます。

そうしますと、一九七一年のチッソ東京本社はとても大事な拠点として浮かび上がってきますが、では春の城とは何でしょう。春の城は、原城です。原の城。原は「はる」とも読みます。一六三七年から一六三八年にかけて、原城で壮絶な戦いがあって、三万七〇〇〇人が亡くなりました。

島原・天草一揆です。これは島原の乱と教科書で表現することもありますが、当然「乱」という言葉は為政者からの見方で、正確に言いますと島原・天草一揆という百姓一揆です。そして、百姓一揆であって百姓一揆であるだけではなく、キリシタンの戦いでもあった。本質はどっちなのだと聞かれても困ります。これは両方なのです。原城の中にいた人たちが全員とても信仰の厚いキリスト教徒だったかというとそうではない。それは、石牟礼さんがいろんな史料を使って、大変正確に書いてらっしゃいます。その中には信仰を強制された人もいるし、いやいや入っていた人もいる。何でそこにいるのかわからないで入っていた人もいるし、それから百姓一揆として入っていた人もいた。いろんな人がいたと書いています。

そういう原城の中の戦いは、歴史的には、一六三七年という年が大変重要な意味を持ってきます。これは徳川治世の出発点です。江戸時代は、教科書には一六〇一年に始まったと書いてありますが、実際に江戸時代特有の体制がつくられたのは一六三〇年代です。一六三〇年代に参勤交代制度が発足し、朝鮮通信使、琉球使節が来るようになり、オランダ商館長の江戸参府が始まり、アイヌ民族との正式な関係が始まって、ポルトガル船来航禁止令が出ます。そしてそのかわりにオランダ商館との商取引が始まるわけですが、そうやって一六三〇年代に、ばたばたと一気に江戸時代体制がつくられていきます。ですから、その前はまだ中世だったと言っていいですね。

ではなぜその年代に江戸時代体制がつくられたのか。体制を完成させるまでに三〇年かかったことが一つの理由です。しかしもう一つの理由は、この島原・天草一揆です。これが非常に大きな歴史的な転換点でした。

この島原・天草一揆で原城にこもった人たちの側に、ポルトガル軍がついてともに戦うのではないかと当時うわさされていた。そして、現実にポルトガル軍と情報交換していた形跡があります。一方、徳川政権の方はオランダ東インド会社に依頼し、オランダの軍艦を配備させていました。つまり、これは天草を中心にしたポルトガルとオランダの戦争に、もうちょっとでなりそうだったのです。日本におけるヨーロッパ同士の戦争になったかもしれない、そういう戦いでもありました。

その戦いの原点が、百姓一揆です。実際、特に島原藩の松倉家が、極端に過重な年貢、拷問、処刑を行っていました。それから唐津藩の寺沢家が行った石高の偽造や重税もありました。それから、キリスト教徒に対する斬首や火刑がありました。つまり重税、拷問、処刑と、キリスト教の弾圧が同じ地平で行われていたんです。ですから、一揆が起こるのは当然でした。

ところがこの原城の一揆のやり方は、それ以前の一揆と全く違うのですね。この一揆で、その後の一揆のやり方が変わったのです。それまでは土一揆と言って中世の一揆です。しかし原城の戦いを境目に、本格的な江戸時代の百姓一揆のパターンが出来上がります。江戸時代の百姓一揆は決して単なる暴動ではありません。非常に厳密な手続を経て行い、明確な要求項目を持ったものです。

島原・天草一揆も、非常に明確な要求を持っていました。キリスト教への弾圧をやめるだけではなくて、重税や拷問をやめろということや、さまざまな要求項目があったわけです。ところが、それはのまれなかった。それだけではなく、それまでの土一揆と全く違うことが起こります。この情報がすぐに大坂に流れ、大坂を通じてすぐに江戸に届きます。そして徳川幕府が急遽手配をして使節を送り、江戸幕府が諸藩の軍隊を動員してこれを圧制するということを、瞬く間に決めていくのです。原城が陥落するまでには長い時間がかかりましたけれども、原城の中には三万七〇〇〇人、これは全滅した人数です。それに対して幕府側が、一二万人の軍隊に膨れ上がっていく。その中で全滅覚悟で戦い続けるという戦いに発展していきます。

それによって人々が、一揆はこういう恐ろしい結果になるものだからやめようかと思ったかというと、決してそうではなかった。むしろこれによって一揆のパターンができた。一揆というものはこういうふうにやればいいのだという、手順ができます。

私は白土三平の劇画『カムイ伝』を使って講義をしたことがあって、それを『カムイ伝講義』という本にまとめているのですが、それに非常に詳しく一揆の手続を書いています。その後も一揆が次々と盛んに行われていきますが、それは全てこの島原・天草一揆から始まった新しい一揆のパターン、手続をとって粛々と行われたのです。そういう意味で大変重要な、歴史的な転換点だったのです。

もだえ神という課題

では石牟礼さんはそういう歴史物語を書きたかったのかと言えば、そうではありません。チッソ本社前の座り込みで霊感を得たのです。先ほどの映像で石牟礼さんと鶴見和子さんが話していた、魂の問題です。石牟礼さんは、魂を別の言葉で表現することがある。それは、「もだえ神」という言い方です。『春の城』を読んでいてわかるのは、誰がもだえ神だったのかということです。それは天草四郎です。四郎が、見事にもだえ神として描かれています。

もだえ神とは何か。さきほどの映像対談の中に出てきましたし、それから石牟礼さんのいろいろな言葉の中に出てきますけれども、とにかく誰かが窮地に陥ったときにたまらない気持ちになる。そしてとにかく、もう理屈も何もない、駆けつけて、そして加勢したいと思う。どうにもならないかもしれない、助けられないかもしれない。だけれどもとにかくそばに行って加勢したい、応援したい、助けになりたい、と悶えるんですね。悶えるのは、助けられないからです。そう容易に人は人を助けられません。では助

けられないからといって、傍観していればいいのか、そうではありません。魂の問題としては、何もできない自分に悶え続けるんです。これがもだえ神です。『春の城』には、さまざまな登場人物が出てきますが、多くの人たちは貧困と差別の中にいます。四郎はそういう差別の中にいる人たちを見るたびに、もだえ神になるんですね。

この構図では、四郎は明らかにキリストに見立てられている。江戸時代の言葉で言うと、「見立てる」ということと、逆に「やつし」という言葉がありますが、キリストのやつしである。そしてもう一つ言いますと、チッソ本社におけるもだえ神は、石牟礼さんなのですね。もだえ神というのは魂の問題なので、この『春の城』は、最後にアニマ（魂）の国に船が行くということで終わっているんですけれども、「アニマの国」という言い方もよくなさる。魂の国とは、もだえ神がいる国です。

石牟礼さんにとって、なぜそれが大事なテーマになるのかというと、もだえ神が失われているからです。つまり魂がなくなっているんです。魂は、あるのかないのかという話でなくて、本来私たちの中にあるものです。先ほど映像で鶴見和子さんが面白い表現をしてらっしゃいましたね。山の方でも海の方でも、とにかくずっと行くと、その人ではなくなって、祖先の霊、祖霊と一緒になってしまう。祖霊ではなくても、魂に個人はないのです。

私たちは、個人の中に一つの意思や一貫性、秩序を求めて、その人格と人権を認める、そういう近代的な個人を非常に重要なものだと考えています。確かに、民主主義社会にとって重要なものです。では人間とはそれだけなのかと考えたときに、そうでないものが人間の中にはあります。魂というのは、個人として見ることができないもの。ということは、全ての人の魂と私の魂は同じところにある。つまり個人という境目がないのですね。

境目がないというのは、例えば朝露の一滴と私の命が同じであるということです。それにはどっちがいいとか偉いとか、価値があるとかないとか、がなくなるので、山川草木、みな同じ価値になります。そして一体化もします。事実、私たちが個人というものを考え過ぎていることによって、多くのものが失われてきました。私がそれに気がついたのは、いま言った魂がほかの人と一緒だというのとは逆のことで、江戸時代の人間観では、自分の中にたくさんの人間がいるということなんですね。

江戸時代の人間は、個人という考え方ではなく、「私」という言い方はあるけれども、実は「私」の中には「たくさんの私」があります。そしてその中には、まさにやつしとしての仏がいたり、やつしとしての普賢菩薩がいたりする。仏教用語を使ったり、神という言葉を使ったり、その言い方は何でもいいと思いますが、そういうものが自分の中にいっぱいある。それは、社会現象からわかることです。ですから、人間の見え方がかつては違っていた。私たち近代の人間はそれを個人と認識・理解するようになった、ということが言えると思います。『春の城』はそういう意味で、もだえ神の物語として読むことができます。

もう一つ『春の城』で思い出したのですが、「人間は土地に結びついている、土地に印をつけて生きている存在である。人間は死んだ人間の思いとつながって生きている」。これは渡辺京二さんの言葉です。私は『鄙（ひな）への想い』という本を書いたことがあって、この中に渡辺京二さんのこの言葉を書きつけたのですが、それはある雑誌の連載で書いた文章です。ところがその連載が始まった途端に、三・一一が起きた。あの津波の日が来たんです。それまで私は『鄙への想い』として、都市と都市以外の社会では何が違うのかを、江戸時代を例にとりながら穏やかな連載をしていこうと思っていました。ところが、三・一一が来て、それまで構想していたことが全部なくなってしまいました。そこから新たに書き始めたのです。ですから、最初の回に三月一一日のことを書きました。

イチジクの木の想い出から

渡辺京二さんが『黒船前夜』という本で大佛次郎賞を受賞され、三月一三日にその記念講演会が横浜の開港記念館で開催されました。私はその受賞講演を伺い、その後対談をしています。一三日にはもう熊本から飛行機で来ることができていたわけです。その前の一一日、私がどんなふうにその日を過ごしていたのかということをちょっとお話したいと思います。

私は渡辺京二さんの『逝きし世の面影』も『黒船前夜』も熟読していましたけれども、対談では石牟礼道子さんについてどんな話をしようかと考えあぐねていました。その日たまたま、生まれ育った横浜の長屋の家に戻っていました。私はその家を出て別のところに暮らしていましたけれども、母が人に貸していたその家を、私が家賃を払って借りようと思って、ちょうどその三月一一日に引っ越しをしたのです。その日に震災が起こりました。

その家には私の幼いころの思い出があります。その家が建つ前に大きなイチジクの木がありました。私は子供のころ毎日それに登って、イチジクの木とともに生きていたと言ってもいいと思います。

ところがある日、私が小学校を出るころ、親が一大決心をして、そこに勉強部屋のある家を新しく建てようということになりました。高度経済成長の時代です。そのイチジクの木を切らないと、家を新築できませんでした。大人にとっては、そんなイチジクの木よりも子供たちの勉強部屋の方が大切なわけですね。そういう理屈はわかるのですが、私はイチジクの木が切られていくその情景が今でも忘れられません。なぜ私が勉強部屋を獲得するために、このイチジクの木は死ななければならないのか。この交換の意味がわからなかったのですね。重大なことだと私には思えた。そしてそのイチジクの木が生えていた場所に家が建ちました。

三月一一日、私はそのイチジクの木の後に建った家にいたんです。本当に偶然に。そして、私がそのとき読んでいた石牟礼道子の本が『天湖』です。これは、ダムをつくるために村がなくなった話です。経済成長や経済的な豊かさのために、その土地に結びついている人間がそこから切り離された。ダムをつくる場合にはそこに住んでいた人たちがほかに追いやられて、ダムができた後も、それを忘れられない人たちがその湖にやってくる、という話なんですね。

自分の経験したイチジクの木の話は、大きな湖の底に村が消えてしまう話とはスケールが全然違います。でも私は、同じ話だと思います。

『苦海浄土』に出逢う

そしてまたそのときに、石牟礼道子の『苦海浄土』を、どういう状況で聞いたのかということを思い出しました。一九七〇年でした。法政大学の日本文学科には、私は小田切秀雄に師事するつもりで入りました。当時の日本文学科は本当にすばらしい先生方がたくさんいらした。もう一人、私がとても気になっていた文学者がいました。高校生のときから読んでいた、益田勝実という古代文学の学者でした。『源氏物語』や『古事記』の専門家です。当然、益田勝実の授業にも熱心に出ていました。

まだ大学一年生だった一九七〇年のある日、益田勝実の授業に出たら、一冊の本を取り出して朗読を始めたのです。それが『苦海浄土』でした。それを聞いた日のことは忘れられない。

世の中にこんな文学があったのだと。これは御存じのようにルポルタージュであって、そして文学になるわけですが、非常に衝撃的に受け止めました。

天草の方言、あるいは熊本方言で書いてある、そのくだりを読むわけです。文字を追うよりも、耳から聞いたということがとても大きかったのではないか、と今になって思うのですが、非常に多くのものが伝わってきました。意味以上のものが。後にもちろん本で読んで、そして水俣病についてはっきりと知るようになりますが、水俣病について知るだけではないものがそこにはあったのですね。文学はこんな力を持っているんだ、と思えたのです。

それは、一九六九年に『苦海浄土』が刊行された一年後のことです。古代文学の先生がそれを読むというのもすごいですね。益田勝実は民俗学者でもあって、まさにその土地に結びついた魂の問題を、どこかで直感していたに違いありません。『火山列島の思想』という本を書いてらっしゃる。私は、文学を学び始めたときに、最初の衝撃として『苦海浄土』があったわけです。

またその後、石牟礼道子と私の間でさまざまなものが交差していく、ということがありました。一つは水俣病がだんだん広まっていった時代についてです。水俣湾の周辺の漁村中心に猫やカラスの不審死が出て、猫踊り病だと言われ始めたのが一九五二年です。それからしばらくして、一九五六年五月一日に水俣病が公式に確認されることになりますが、そのきっかけとなった一人が、船大工の田中義光さんの五歳の長女でした。私は一九五二年の生まれです。ということは、その水俣病患者は私だったかもしれません。横浜と水俣では地理的には隔たっていますが、どこに生まれるかというのは本当に偶然ですから。これは私だったのかもしれない。私であってもおかしくないんだと。私はそういう時代に生まれているということが、非常に強く刻まれたんですね。そうやって私が生きている時代とはどんな時代なのか。それを私は『苦海浄土』で感じるようになり、そこに注意が向くようになった。

江戸時代を発見するきっかけに

私はその後、これも衝撃的なさまざまな出会いがあって、江戸時代とはこういう時代なのだと自分なりに発見していきました。今日は江戸文化の話をする日ではないので、あまり詳しくは話しませんが、石牟礼道子と大学一年生で出会ったことが、江戸時代とつながっているのではないか、と後に思いました。

杢太郎のおじいさんが語った、天竺までつながっているこの海で、天の与えてくれた魚を食べて生きているという日常、そしてその喪失。工業化時代は、まさにそういう生活がなくなっていく時代でした。海から、あるいは山からさまざまな物を得て、私たち人間が生きている。だからかつては、とり過ぎないようにしていたわけです。もし今これをたくさんとってしまったら、来年はないかもしれない。ですから山に入る猟師、海の漁師、そして農村、里山にいる人たちは一年後のことを考えていた。一年後の生命、一年後の村、一年後の人々のことを考えると、そう多くの物はとれないし、もしとってしまったらお返しする。そういう生活をしていた。物が永遠に自分のところに恵まれるなんて誰も思っていません。物は有限、生き物も有限である。当たり前です。そういう世界に生きていた人間たちが、無限に自分の力で物をつくれるかもしれないと思う。それが私たちの迎えてしまった近代であって、工業の時代です。

水俣病を考える中で多くの人たちが感じているように、自分たちが前近代にいて、そしてチッソが近代であって、それらが対立しているとは簡単に言えないわけです。なぜかというと、いくら海や山や農村でそういう生活をしている人たちでも、近代を受け入れて生きていかざるを得なかったからです。そしてまた水俣に暮らす人たちも、「会社行きさん」と表現していますが、会社に行くことによって、その不安定な生活、特に天草の方たちが出稼ぎをし、あるいは身を売らなければならなかったという生活から抜け出せるかもしれない、そういう希望を持ったわけです。つまり、近代を支えているのが自分たちでもあるということは、水俣の方たちはよく知っていらっしゃるんです。だから、単なる対立とは言えない。

そこに魂の問題があります。魂はつながっている。だから誰が悪いとか、自分の責任は全くないとか、責任問題のなすりつけ合いでは済まないのです。けれども自分と一緒に育ってきた人たちが、あるいは猫やカラスたちがどんどん命を失っていく状況を平然と見ていられるのか、そこで「もだえ神」が自分の中から出てくるわけです。

そういう、もだえ神としての魂は、石牟礼さんの文章で読んだり、石牟礼さんの口から聞いたりしたときに、誰でもわかると思います。どこかに心当たりがあるから。そういうものを中心にして生きてはいかれない時代だなと思うけれど、でもわかりますよね。どこかで納得している。

その魂とは何なのか。魂はあるのか、ないのかという話ではなくて、あることを私たちは知っています。それをどう表現して、そしてどう失わずにいられるのかということ。そしてまた、石牟礼さんは「魂が失われてしまった」ということは何度もおっしゃっている。それは『不知火』という能の中にも出てきますが、抜け殻になっていく人間たちのことです。魂はあるのですが、それを認めないのです。そして、他者とともに生きていくという、自分の中に当然あるはずのその気持ちを切り捨てています。それが抜け殻になったということですが、そういう抜け殻になった人たちをたくさん石牟礼さんは目の前で見てきたわけです。それこそが最も大きな問題だと思っていらっしゃる。そのことを私たちは受け止めなければならないし、受け継がなければならないのです。

水俣は、単に事件を忘れないようにしましょうという話ではなく、人間が抜け殻になっていくその過程を見せてくれたし、そしてそこにある魂の問題を人々の前に見せ、語ったのです。これは、なかなかできません。私たちにとっては、別世界のことのように見えますが、魂は私たちの中にあります。私は石牟礼さんの言葉によってそのことに気づき、魂が震える経験をしました。それを自分が生きていく中で形にしたり、行動にしたり、言葉にしたりしていくことが、その次の世代にそれを受け渡していくことになるだろうと思います。石牟礼さんからその言葉をちゃんと受け取ろうと思います。それで、自分なりの言葉にして、それをまたどこかで書き、あるいは語り、次の世代に受け渡していこうと思っています。

どうもありがとうございました。

（二〇一七年一〇月一八日／於　座・高円寺2）

III　生類の悲

二〇一三年二月八日
於　牛込箪笥区民ホール

魂だけになって

石牟礼道子

みなさま、こんばんは。よくいらしてくださいました。熱心にご準備して下さいました藤原書店の方々に、まず深くお礼を申し上げます。私も、今度こそ出かけて、お礼を申し上げようと思っておりましたけれども、身体が思うにまかせず、この度も欠席をよぎなくされてしまいました。

どのように運命づけられていたのか。私の書くという仕事の最初の出合いが、こともあろうに水俣の問題でした。書き始めて四十年もかかりましたのは、職業作家としては世紀末的な職業の選び方だったと思います。

水俣病との出合いは、そもそもまず東京に行って、かんじん（非人）になろうという願望を持っていたからだと思います。実際、患者さんのお供をして、真冬の、東京チッソ本社前で、コンクリートの、道の上に寝て、こごえ死にしそうになったり、ふつうでない出発をしたのは、七〇年代前後の東京であったりして、乞食になるにはいい機会だったと思うのですが、その、日々のことを、あと一編の小説に書き残しておくつもりでございます。

言うまでもなく、二十一世紀という近代の、末期の様子を、この国の首都から、現代の水俣まで見ていなければならないのではないかと思うからでございます。

これは相当変わっているなと自分でも思います。


これが私の本質かもしれませんが、魂がいつもあるべきところにおらずに、抜け出すくせが身についていて、気がついたときは、見知らぬところにいる自分を発見することがしばしばでございます。

今日は、みなさま方のお導きで、この場所に無事に着くことができました。

身体は今、九州におりますけれども、魂はみなさまのところに行きついているかと思います。


お読み下さった方々は気がつかれていると思いますが、変な書きぐせをもっておりまして、書きます内容が子供の時代におぼえた「かぞえ歌」めいてしまうのはいなめません。わかりづらいと思います。たとえば、お手玉唄にありますように、

一かけ二かけて三かけて　四かけて五かけて橋をかけ
橋のらんかん腰を掛け　はるか向こうをながむれば
一七、八の姉さんが　花と線香を手に持って
姉さん姉さんどこゆくの　私は九州鹿児島の
西郷隆盛娘です　明治十年三月に
切腹なされし父上の　お墓参りにまいります
お墓の前で手を合わせ　なむあみだぶつと拝みます

と唄っていた、幼いときのかぞえ唄になってしまう。

世の中には心やさしい方々がいらっしゃって、こういう奇態な文章を意味づけてくださる方々もいて下さいます。おかげさまで何とか路頭に迷わず、生きてこれました。

水俣病のこと、どのような成り行きになりますことやら。福島のことをまず考え合わせ、これから先の世の中には、未来はないように思われます。私などが、ぐずぐずと、全集などを書きあぐねている間に、世界史は、とんでもない方向に向かって、動きはじめたようでございます。

このことは水俣という一地方の問題だけではなくて、人間の行く末をどう読めばよいか、私どもの地方では、いみじくも奇病と呼ばれて、最初の姿を現わしたように、病状の苛酷さから、患者さんたちは、希望のもてない一日をやっとやりすごしておられます。ある人たちは、親も子も亡くなられて、孫の世代が十代、それも毎日、容赦なく病状が深くなるという日常を生き延びているのが不思議です。

何よりもその日、その日の想いを、一口も人に伝えることができません。たとえば、好きな人ができても、「あなたを好き」と言えない。苦しいということも、言えません。うれしいということも、言えません。

どうか皆さん、胸のうちを語れないということが、どんなにさびしいか、つらいか、考えてみて下さい。朝起きて、ねるまで、たった一日でも。一時間でも。水俣病になったと念ってみて下さい。かわってみて下さい。そんな病人を助けて、一日暮らすことが、お互いにできるでしょうか。私自身、とてもできそうにありません。水俣のことも、考えていただくということは、人間の行く末を考えることです。

第一、働けません。お前は、家の中でも、外でも、邪魔だから、どこかへ行け、と言われるかもしれません。言われなくとも、どこかへ行ってしまいたい。病人たちは、毎日毎日、思うのです。どこかに行ってしまおうにも、自分ではできません。そんなつらい日々のことを、思ってみて下さい。

私たちは、肉親たちからさえ、人間じゃなか姿や声をしとると言われますので、今日は魂だけになって、この会場にうかがいました。小さな虫になったり、やぶくらに咲いている草の花になったりして、おそばにこさせていただきました。

今、お互いに目が合いました。見つめあっています。おこころもちをいただいて、間もなく帰ります。

つい、患者さんたちのおこころもちを申し上げてしまいました。

いつも気持は、あの人たちといっしょにいるものですから、気分がうつってしまいました。

私たちに、何ができるでしょうか。

念って下さるだけでも、どんなにありがたいことでしょうか。

今日は、この会場に来て下さって、恐縮でございます。

心からお礼を申し上げます。

志村ふくみさまには、年に数日しか現われない不知火のさざ波を、『全集』のために織り出して下さいました。永久に保存して、大切にいたします。

二〇一三年二月八日

〈講演〉

石牟礼さんの小説の世界が、決定的に違う言葉を持った秘密

町田 康

何であいつがしゃべっとんねん

どうもこんばんは。ええ……「牛込箪笥区民ホール」。「牛込」にはかなり前から私も着目してまして、自分の本の中でも「牛込」については二、三、言及している部分があるんですが、「箪笥」というのは、知らんかったですね。聞いたら「納戸」とか「細工」とかいう町名みたいなんもあって、こういうのは……いいですね。……いいというか、何というか。前からちょっと心配してる——「歌舞伎町」ってありますね、新宿に。あれはあまりよう知らん人やと、日本に行って歌舞伎見よう思うたら絶対あそこに行くやろなっていう誤解があって。

いや、それで今日は、「牛込箪笥区民ホール」ということで、これは全集の——まだ別巻があるそうですが——完結ということでですね。全集の刊行が始まったときのイベントが九年前にあって、石牟礼さんもその時いらっしゃって、詩人の伊藤比呂美さんとかと話したんですけども。

その時も来さしてもうて、また来さしてもうたんですが、さっき粛然と石牟礼さんのメッセージを聞いてたんですけど、歌とかすごいええなあと。それでぱっと皆さんが前見たら、かなり感じが違うというか、お見かけどおりのパンク者っつうか、何やねん、何であいつがしゃべっとんねん、と。何の関係があんねんと思われそうな感じがあるんですけど——まあ、ちょっとぐらいは関係あるんです。それは、さっき志村ふくみさんという名前が出ました、人間国宝の、すごい人なんですけど。『全集』の「特装版」の布を織ってくださったという。その娘さんと二言くらいしゃべったことがあるという。京都でたまたま隣になって、ちょっとだけしゃべったことがあったんですけど。志村ふくみさんもそこにいらっしゃったんですけど、しゃべってはないです。ああいらっしゃるわと思っただけなんですけど。そういうのも、けっこう自慢というか。すごいだろうっていう。

それから石牟礼さんも、九年前に早稲田大学の講堂でその全集刊行のイベントをやったときに、ちょうど今司会の方が紹介してくださった『告白』という小説が書き上がった次の日かなんかだったんですね。それから本が出て、送ったら、えらい褒めていただきまして。「農村の感じがあるなあ」というようなことを言っていただいたりして。

それから、何か本が出たら、味をしめて必ず送るようにしてたんですけど、その後はあまり褒めてもらってなかったんですけど。でも、代筆でいつも、そんなんええのにと思うくらいなんか書いてあって。『人間小唄』という小説を書いたときに、「まだ読んでないけど、タイトルからなんかすごいイメージするもんがある」というお葉書をいただいて、ああやばかった送らへんかったらよかったなと思って。何でかというと、それはめちゃくちゃなエログロ・ナンセンスな中身の小説やったんで。表紙だけは猿の表紙でちょっとええ感じなんですけど、中身はめちゃくちゃな小説やったんで、読んでたら首痛なったとかいう人もおるぐらいで。何で首痛なんのかわからへんのですけど。日本語も、ちょっと意味通じんように書いてるとこもいろいろあって。登場人物全員気が狂ってるという、そんな小説で。……そんなんもあって、何か申し訳ないなあと思ってしゃべってるんですけど。すいません。

いわゆる「小説みたいなもの」は書きたくない

ただ、石牟礼さんと共通点がなくはない、というのが一つだけあって、それは物書きであるという点において、共通点があるんです。ただ、それをもっと曲解して自分の都合のいいように言うと、さっき藤原書店の藤原社長の話に、池澤夏樹さんが『世界文学全集』を河出書房から刊行されて、そのときに、日本の文学から入れられるのは石牟礼さんだけだと仰ったということを初めて聞いて、ああなるほどなと思ったんです。

やっぱり、そうなんですよ。そうなんですというのは、何でかというと、他にないんですよね、石牟礼さんみたいな小説のスタイルというか、感じというか。だから僕らも、何かちょっと違うなというか、粛然とする部分がある。いわゆる小説として書かれる文章の感じというのと、それから石牟礼さんの小説というのは、何か、決定的に感触が違って。それは、文章の形が違うとか、言葉の使い方が違うとかということだけではなくて――まあ小説なんでそういうことなんですけど――、あまりにも違い過ぎてて。だから、何かこう……「こんな感じだよね」と簡単に言えないようなところがあるんですよね。

それは、自分に都合のいいように言うと、自分もそういうのを目指してるというか、それしかできないというか。いわゆる、最初やり出したときそれをわかっててやったわけじゃないんですけど、何かそんなのになっちゃったという、けったいな感じ。さっき石牟礼さんのメッセージで「奇態な文章で」とありましたけど。普通の、いわゆる小説の中で使われてるような、「小説みたいなもの」は書きたくないなと思ってたところがあって。そこは、似てるなあと。

まあ、石牟礼さんの場合、そうやって池澤さんが『世界文学全集』に日本で入れられるのはこれだけですと、尊敬される部分で違ってますけど、僕の場合は相手にされない、ばかにされる側で違ってるんで、かなり違うんですけど、違っているという部分では一緒やってことですね。

いわゆる、小説で書いてる言葉も……このイベントのタイトルも「生類（しょうるい）の悲（かなしみ）」というタイトルで、「生類の悲」とそれだけ聞くと、まあそうだねということでまとめられちゃうところがあって。大体そうなんですね。でも、そういう気持ちを持ってる場合でも……小説といってもいろいろありますから。何となくそういうことをやろうかなと。

大体こういう工夫をやったらこういう効果があるよね

例えば、言葉をその機能だけとして完全に割り切って、あまり言葉について考えない。こう言ったら大体みんなこう思ってるよねという、範囲内ってありますよね。その範囲、大体こういうことを言うとこういう気分になるよなという範囲が、ものすごく大まかというか、簡単になっている気がする。さっき、この国に未来ないよねという話が石牟礼さんからありましたけど、その感じが割と、ちょっと前から強まってるような気がしてて。

大体こういうことを言ったらこういう反応をするよなというのは――でもそんなに多くの人とじっくり話し合うわけじゃないからわからない、人と生で話すことはそんなにないんで、どうしてもネットとかテレビとか、新聞とかラジオとか、そういうメディアを通じての人の反応とかを見てるだけなので、ちょっと違うかもしれないんですけど――その生の反応というか、人と人とが話している言葉に対して反応してる仕方というのが、割と大ざっぱになってきてるなという感じがしていて。それは、変なフィードバックがかかってるなという気がするんです。フィードバックというのは、つまりハウリングを起こしてるような、ピーッと言ってるようなそんな感じが。気分のピーッ……ハウリングみたいなものが、言葉をめぐって起きてるような気がして。

話が飛びましたけど、その範囲内の了解の事項だけ使って、だから、大体、工夫するわけですね。何かやろうとしたとき、文章を書こうとしたときに、工夫するわけです。その工夫というのは別にそんな大したことじゃなくて、例えば雑誌の取材とかで「あなたの本棚を見せてください」と言われたときに、本棚にはいろんな本があるわけですね。『なんちゃってブルースギター入門』とか『やさしいセキセイインコの飼い方』とか、いっぱいあるわけですね。『将棋の初歩から初段まで』とか『手品と種明かし』とか、そんな本が並んでるわけです。そういうのばっかり並んでると、あほやなと思われると嫌やから、そういうのを全部どけて、何か賢そうな本ばっかり並べるわけですね。トクヴィルの不平等の何とかとか、わからん本ばかり並べるわけですね。ほな、こいつ賢いなと。

文章も同じで、自分は体の中にいろんな言葉を持ってるんですけど、文章を書こうとしたときに、ちょっと賢そうな言葉を並べちゃうんですね。それは普通の人の場合で、さすがに職業的にやってる人はそんなことないんですけど、何となくそうやって賢そうにする。それは割と素人っぽい工夫なんですけど、プロっぽい工夫をやろうとしたときは、もうちょっと気のきいた比喩的な表現を使ってみようとか。……まあ大したことは言うてないんですよ、元々そんな、人間の感情なんてそんなないですから。ああ気の毒やねとか、なんか腹減ったなとか。まあ腹減ったなんていう小説はそんなないと思いますけど。昔の、悲惨な文学とかやったらあるかもしれませんが。まあ、あと、眠いなあとか、だるいなあとか、そんなことぐらいしかない。それを何となくこう、気のきいたようにやるというのが、割とやってることなんです。

大体こういう工夫をやったらこういう効果があるよねという、その常套的な表現というのを何となくやってたら、みんな了解が楽なんで、割と楽に了解して、その楽な了解の中で何となく気分を共有できて、ああ気持ちええなと。「いい湯だな」みたいな小説がいっぱいあるわけですね。それを駅とかで売って、あとほかしてまうとか、そんなんもありますし。それが悪いと言うてるわけでなくて――自分もそんなん書きたいなと、ほんならもっと儲かるんちゃうかと思うんですけど、能力がなくてよう書かんだけですけども。

そういうものよりもうちょっと何かやって、頑張る人も出てくるんですね。頑張る人が出てくるときに、ただ頑張れるかって言ったら、なんかね、そこでただ頑張るのってちょっとしんどいんですよ。何か必要なんですよ。大義名分みたいなものが必要になってくるんです。でも、大義名分みたいなものって、探してても割となかなかないんですよ。

頑張らないときは、大義名分はそんな要らないんですけど、頑張るとき、頑張って何か工夫してやろうとしたときは、大義名分って必要なんですけど、なかなか見つからないんですよ。一番簡単な大義名分は、「正しい世の中」。「正しい弥勒の世」というのがある。で、間違った「バビロン」がある。宗教がめちゃくちゃになってますけど、「間違ったバビロン」と「正しい弥勒の世」があって、俺は「正しい弥勒の世」のほうの側にいるねんけど、「間違ったバビロン」はあかんやんけ、というふうに書いたら、結構いろんな、ハードな工夫をやっても何となく成立するんですけど。

ただ、それって「水戸黄門」とどこが違うんですかと言ったら、どこも違わへんわけですね。だから、まあ、おもんないわけですね。でも、おもんないけど、結局それしかないようになってくるんですね。だから、いろんな言葉でしんどいことをやってても、やればやるほど、そういうところが、ものすごく明らかになってくるような気がするんですよね。それでも、誠実にやるしかないということで、結構やってる。

形にしてしまって、言葉でそれをなくならしてしまう

ただ、それをやる言葉というのが割と……何と言うかな……根本の理屈のところが……。例えば、八〇年代に「アナーキー」というバンドをやってた、藤沼伸一というのが、ぼくの知り合いでいるんですけど、この会場には知らん人が多いと思いますけど……何か、違う業界に来てしまって、すいません。僕は「ＩＮＵ」というバンドをやってたんですけど、その時は「スターリン」というバンドもあって、石井聰互という映画監督が、そういう奴ばかり集めて映画を撮って。「スターリン」と「アナーキー」が一緒に映画に出て、「スターリン」と「アナーキー」

はめっちゃ仲が悪くて、敵対して、それを「ＩＮＵ」が仲裁してる、そんな話があったんですけど。

それはどうでもいいんですけど、ちょうど九・一一、アメリカのビルに飛行機が突っ込んでみんなびっくりした、たまたまその時か、その後のイラク戦争の時やったか、藤沼が、彼はギタリストなんで、いろんなボーカリストを一〇人か一五人ぐらい呼んで、一五曲ぐらいつくって、やろうかという話になって。その時に僕も呼ばれて行ったんですけど、有名な人も入って——無名な人も入ってましたけど——忌野清志郎さんとかも入ってましたね。その時は、何をやってもいいわけですよ。何の歌を書いてもいいんですけど、みんなその話、九・一一のテロの話、それからイラク戦争の話になっちゃうんですよ。別に、誰もそんな話してないんですよ、そいつらと会うてても。いわゆる世界情勢とか中東情勢とか、そんな話も何もしてないけど、たまたまそうなると、全部がその話になってしまうというのがあって。

それから例えば、友達なんかでもけっこう今、「魂」とか割と言いますけど、最近そういう話にもなってしまうんですよね、なんか。スピリチュアリズムみたいな話にすぐなってしまう。言葉で何かやろうとするときに、言葉でそういうのを扱うと、すごい言えてるような気持ちになってしまう。何でかというと……そのときに何となく思っていることを言葉にしてしまうと、消えてしまうんですよね。それが整理されてしまうというか、色とか手触りとか何か、そういうのがなくなって。だから、そういうことに慣れてる人が、大体やってるんですね。それを使うことに慣れてるから、これとこれと、こういうふうにやったらこうなるやろという。でも、その根本のところの、大体そうなっちゃうという部分というのは、非常に弱いんですね。言葉の部分だけはめちゃめちゃに強いんですけど。そういうのを小説なんかで読んでると、びっくりしてしまう。そういう、言葉だけがめちゃめちゃ強い人って、すぐびっくりしてしまうんですね。衝撃を受けてしまうというか。

何か悲惨な……例えば地震がありましたけど、地震で人がたくさんいっぺんに死んだっていうと、すごいびっくりしてしまって、どうするかといったら、ああこれは何か書かな、と思ってしまうわけですね。書かな、って、別に書かんでもいいんですけど、書かなと思ってしまう。それは何でやろうと思ったときに、これを書かな、というよりは、自分のびっくりしてしまったことを言葉で押し返すというか、形にしてしまって、言葉でそれをなくならしてしまう、というようなところがあるんですよ。

死者の状態を文学的に利用してるんじゃないかという、言葉の弱さ

この間もある小説を読んでて、ものすごい真面目な小説で、死者についての、死者の声を聞くという話なんですけど。――これは知り合いのそういう人に聞くとそうだと言ったから多分

そうなんでしょうけど、人間が死んだときに、すぐ死ぬかといったらなかなか死んでないらしいんですよね。なかなか死ねないというか、実際には死んでんねんけれども、完全に死んだ状態なる前にちょっと間があって、その間がめちゃくちゃ長い人はずっとこの世に、生きてないんやけどとどまってる状態というのがあって。生きてないのにとどまってる状態って、いわゆる幽霊とかお化けとか言うんでしょうけど。そんなあほなと思うんですけれども、そういうことがわかる知り合いに聞いてみると、そういうのが見える人は、現実に見えると。

これはまた関係ない話ですけど、前に僕が仕事場で使ってたマンションの一室があるんです。今もうそこは閉めましたけども。そのマンションというのは、四方が全部坂の、坂の谷底みたいなところに建ってるマンションで、そういう、魂というか、死んだ人の吹きだまりみたいになってて。「ホーンテッドマンション」と、知り合いのその人は呼んでたんですけど。行くと、絶望してずっと座り込んでるウェイターみたいな人とか。あと、多分エレベーター事故で死んだんちゃうかという、今のエレベーターって防犯上中が見えるようになってますよね、あれに、下半身ない状態でこっち見て、じっと虚無的な顔してる人がおるとか。僕の部屋にも、ずっとおる人がおると。最初ベランダにおったんやけど、だんだん中に入ってきて。その人によると、その僕の部屋の人はどうも文学好きらしくて、俺が指導して書かしたってんねやと、主張してるらしいんですよね。そんなあほなことがあるかと。

ある日、夜中、夫婦げんかして、「俺、もうええわ、仕事部屋行くわ」と言って、その話聞いてたから嫌やなと思いながら、別に何も見えへんからええわと思って……ふだん昼間しか行ってないわけですね。仕事場なんで、夜中にはもう、そこにはいてないんですよ。珍しく夜中に行って、一応簡易のベッドみたいなのが置いてあるんで、そこに寝たら、ガタガタガタッと揺らすやつがおって、怖くなって帰って。でも、けんかしてるんで、「帰ってきた!」「何で帰ってきたん」「お化けが怖い!」とか言って……そんなことはどうでもいいんですけど。

それで、そういう状態を――死んだような状態を描こうとしてるんだけども、やっぱり、死んだ側に言葉が寄っていかないんですね。どうしても、弁解というか。このすごい真面目な小説で、例えば、この後のプログラムに能もありますけど……何というんですか……後ろめたさというか。死者の言葉というか、死者の状態というか、要するに、いま何も言えない人の状態を、自分が文学的に利用してるんじゃないかという、言葉の弱さがあるんですよ。それがやっぱり、決定的な言葉を使ってやっちゃってる、弱さの部分じゃないかと思うんですよね。

さっき石牟礼さんが「奇態な文章」って、ああっと思ったんですけど、歌もそうだったんですけど、やっぱり歌とか声とかそういうのと、文章って、全然違う。文字による表現に、結びついていかない部分があるんですよ。そこが完全に分かれちゃうんですけど、それがどこから分かれたかというのは、いろいろ考えよう、とりようがあると思うんですけども。

その虚構の方向が面白くない。じゃあ何を覆い隠してんのか

じゃあ、別に歌をやってたらええやんけとか、能をやってたらええやんけと。でも、何か小説の形で書いていかなあかんことに対する、たまたまの状態というか、そういうものがあるかないかというと……ほとんどないんですよね。でも、自分がその状態をごまかしていくというか、言葉によって守っていくものというのは結局何も守ってなくて、ただ言葉だけが空虚な上にこう積み重なっていくと……だからそんなん書いててもどうなんかなという気もするんですけど、しゃあないから書いてるんですけど。

ただ、その仕事場を引き払ってから、どうもあまりええのが書かれへんから、やっぱりあいつに書かされてたんかなと。その「書かされてる」っていう感じは、言うたらオカルトですけども、ほんまにあいつに言われるまま書いとったかなという気もするんですけど。例えばそれが私の場合は、そんな変な、文学好きの、自分は死んだのにずっと生きてると言い張ってるよ うな嫌なやつだと……嫌なやつらしいんです、そいつはどうも。

生きるということと死ぬということにどこで線引くかというのは、フィクションということで言うと、例えば僕はいま六本木と熱海の山の中……町なかでなくて、ほとんど山の中に住んでるんです。非常に単純に、「自然の中が弥勒で、都会が邪悪なバビロン」というわけではな

いんですけど、それはそれで面白いんですけど、言葉ですごく守ってる世界というのは——都市という……都心ですね、六本木ヒルズとかあの辺の感じというのは、すごい虚構なんですけど、その虚構の方向が面白くないというか、さっき言ったみたいに現れ方が最初ある方向に行ったから、もうずっとそっちに行ってという、それなんですよ。別に虚構なんやからどんな虚構やってもええのに、みんなでそっちの虚構ばかりやってて、全然違う虚構をやってないなといったときに、じゃあ何を覆い隠してんのかといったら、そういう人間の……どこで線引くねんやろうという。石牟礼さんからさっき、虫になってとか、花になって目が合いましたという話がありましたけど、そこのところ……例えばその感受性の範囲がどこまであるかといったら、ものすごい狭い。石牟礼さんの小説の世界が、決定的に違う言葉を持った秘密の理由というのは、そこにあるんじゃないかなという気がしています。

それは、形になってるかどうかということでは、ないと思うんですよね。大体言葉って積み重なって……そう考えてみると、自分も、情けないことに、やってるうちにだんだん言葉の側に負けてくるというか。……やり方が見えてくるんですよね。これはこういうパターンで、こうやって、これがこうなってんねんな、みたいな。変な言い方をしたら、だんだん上手なってくるというか、おもろくなくなってくるんですけど。やっぱりそれではない、そうやってないところというのが、石牟礼さんのお話にあった「世紀末的な、四十年ひとつのものを書いてしまった」っていう……ああいう形での文章の秘密が、というか世界の秘密が、そこにあるんじゃないかなというようなことを思いました。
ほとんど無駄話に終始したような気がするんですけど。すみませんでした。どうもありがとうございました。

（二〇一三年二月八日／於　牛込箪笥区民ホール）

原初的生命に黙祷黙禱――町田康『告白』の解説から

石牟礼道子

河内ことばの肉声をわたしは聞いたことはない。ずいぶん魅力的で、主人公である城戸熊太郎と、まわりの人物との会話が絶妙である。一見愚直なような、気がきかない熊太郎の、頭の働きは思弁過剰というか、ものの役には一向立たない、きよらかな感性の持ち主であるこの男が、仇敵を斬殺する結末につき合わされてゆく。どこか狂熱的な河内音頭というのが行間から遠く近くきこえてくる。

安政四年、河内の国、水分《すいぶん》村に生まれた熊太郎は、貧しいが気立てのよい両親のもとに育てられた。十四歳の時、荷車の上に寝そべり、笛を吹く格好をしてお腹をゆらしたりしている姿を父に見られた。父親は言った。

「熊、なにしてんね」

「見てわからんか。笛吹いてんねん」

「笛吹いてんねて、笛みたなもんあらへんやんけ」

「そら笛はない。笛はないけどや、西楽寺の和尚はんが人の一生は先のわからんもんちゅうたで。わいかてやで、いつ何時、笛吹かんならんようになるや分かれへんやろ。しゃあからそんときのためにちょう稽古してんね」

「ほんな暇なことしてる間ァあんにゃったらわしと一緒に田ァ行て草取らなあかんやろ。馬に食わせる草も刈らなあかんやんけ」

――しかし、そんなことをすれば世間はなんというだろうか。いい子だと褒められたいのか。根性のない奴だ。望まれたことをして褒められるなどということは誰にでもできることだ。そこをぐっと堪えて余所事にふけるのが格好ええのやんけ。それをばあの熊のド餓鬼は、はは。真面目に、はは、田ァの草取ってけつかると思うに違いない。それはいかにもつらい。切ない。そやからこそ俺はこんなありもしない笛を吹くなどして苦労しているのだ。それをばお父ンはまったく理解せず、『われ、笛吹けるんけ』などと真っ直ぐな目で訊く。それが俺は悲しい。

――

十四歳の熊太郎はその心情をうまく説明することができなかった。

村の子供たちに出来る掌の上のコマ回しが出来ず、竹馬に乗ってもすぐに落ちた。要するに百姓仕事が性に合わず、ほかに仕事もないから博奕に手を出し、それとて負けることが多かったので一人前の侠客《きょうかく》とは見られなかった。

長じて熊太郎には谷弥五郎なる弟分ができる。例のとおり、博奕に負け続けている賭場に、ある時、十四、五歳の少年がまぎれこんできて遊ばせてくれという。遊び人たちもさすがにおどろいて、「子供の来るところではない」と帰そうとするが、少年は帰らない。子供に似合わぬ十円もの大金を持っているのを目にした正味の節ちゃんと金に目がくらんだ賭場の男たちは、大金を持った少年を取り囲んだ。金を巻きあげようとしたのである。熊太郎は不快を感じて「やめとけや」という。「これ、後でみなで分けまおな。ひとり頭一円にはなりまっしゃろ」正味の節のこの言葉に促されて、なぐる、蹴《け》るははじまった。修羅場に入る前に熊太郎は、これが癖だが、「世界よ、どうせ揺らぐならもっと大きく揺らげ」などと思う。

「もう蹴んのんやめとけや」といいながら心の底で「俺はこの場で滅亡してやろう」とも思っている。「俺の思想と言語が合一するとき俺は死ぬる」とも。それというのもかねがね独特の思弁癖が「渋滞」しているからである。

少年が短刀を持っていたことから、「気ちがいに刃物」と思われて、この場はおさまったが、子供のくせに賭場に来たのは、みなし子として育ったこの少年が、三つ年下の妹を奉公先からうけ出すためであった。命のやりとりをするような羽目に何度もおちいる熊太郎を、谷弥五郎は「兄哥《あにき》、兄哥」と奉って、「生まれは別々でも、死ぬときは一緒」と誓いを立て、どこへゆくにもつき従った。

熊太郎は有難く思いながら心がやましい。

「十円をみなで分けるから子供を蹴れ」だと？　少年が気の毒というより、自分が居たたまれない。そのような暴力を見て自分が不快だったから、やめろ、と言ったに過ぎない。ふつうの人のようにしているのに身がもたないのである。葛木《かつらぎ》ドールという人物を「この世の行きどまりのような」御陵の岩室で殺してしまったと思いこむのも、現世との齟齬感が極度に亢じた果ての幻覚で、その弟の「森の小鬼」こと葛木モヘアが生き腐れのような匂いをさせているというのも、熊太郎の滅亡願望とつなげて考えられる。

金剛山の山ふところにうがたれている古代日本の御陵の岩室、そこはもう死者の国だが、そこで熊太郎が歌わされる河内音頭は、生命の大河があげる渦巻き様の重奏低音で、次の事態へ進む前奏曲にきこえる。葛木兄弟の住んでいる御陵へゆく途中には、何百匹もの蛇たちがぬらぬらしている穴があって、遊び仲間の「ド餓鬼」たちの一人といっしょに彼はその穴に落ちる。以後、熊太郎は着地感のうすい人生を歩くように見受けられる。自分自身が幻覚の中の人となって。

いかなる状態になろうとも、ことがらの進行をたすけてゆくのは、土俗性に富んだ河内弁である。会話だけでなく、地の文にもそらとぼけた意匠をこらしてあって読者を放さない。古代日本のかげりをもっている大和に隣り合う、河内の国とはどういうところなのか。善良きわまる熊太郎の父平次のいる平穏な農村と、ふつうにしておれば、かつての仲間たちのように、そこそこ仕合わせな百姓になれたのに、「持たない笛を吹く真似をする」ような子供であったために、あるいは、折角早朝に起きて、田を耕し、親を喜ばそうとして、急にこれを恥じ、「耕す」という言葉の意味など無駄に考えているうちに、手も足も体も働かなくなって百姓になりそこなう類の人間。こう書くと身に覚えがあるけれども、存在することへの違和を極度につきつめてゆくと、この世のゆきどまりや、蛇の穴に落ちざるをえない。飄逸《ひょういつ》で機知に富んだ土地の方言がじつに心やさしく全編に配されており、救いのないこの物語に奥深い宗教性を与えている。

銭をめぐってのやりとりからさまざまな事件となり、その度にこの人物は、自分を大楠公の生まれ替わりではないかと思う。生涯で一人愛した縫を娶るにも不当な大金を詐取されるが、最後までこの女性を神の使い姫と思いこもうとした。

隠忍自重の末、刀を抜く相手、松永熊次郎、傳次郎親子の卑劣さ狡猾さは、果たし合いを申しこんで決着をつけてよいたぐいの人間である。死ぬ時は一緒と決めた弟分の弥五郎が、いざ決行という前日、奉公先の妹に別れにゆき、一円を与え、よい人に逢って幸福に暮らせという。借家料をきちんと払い、掃除をし、雑巾を固くしぼって干したというくだりには泪が出た。

世の中には、世間の常識とはどうしても反りがあわず、それなりの良識と純真をもって自分を律してゆこうとするが、いつしかそれが破綻して人生の敗残者となってしまう人々がいる。

たとえば、どんなに悪意を抱くまいとつとめていても、顔を合わせるのもぞっとするという生理的天敵がいる。熊太郎十四歳の時にあらわれた「森の小鬼」はその類いで、この世の果てにあるような穴である御陵の中を住まいにしているらしいこの人物、はたして人間であるのかわからない。腐乱死体のような匂いを立てているその腕を角力《すもう》でへし折ったこと、その兄の葛木ドールをはずみでなぐり殺したことが、生涯のトラウマになってゆくのだが。

作者はただならぬ愛情を傾けて、なりそこないの「極道者」と、かような人間の風土をじつに丁寧に描き上げている。「ふだんから俠客ぶって村内をゆらゆら揺れて歩いている熊太郎」という描写がある。ゆらゆらの背後にひろがる「水分」という農村、今はどうなったろうか。これは近代に向けて歩きはじめた近郊農村の一人が、自らの曼陀羅《まんだら》図をひき破り、ひきずってゆくほろ苦い一巻でもある。巻末にゆくにしたがい、すっかり熊太郎びいきになって、最後の河内音頭の場面では、彼の魂といっしょに、人間という存在がはなつ原初的生命に黙禱《もくとう》を捧げていた。

IV

『石牟礼道子全集』完結に寄せて

二〇一四年七月二一日
於　文京シビックホール

『全集』本巻完結に寄せて

石牟礼道子

何かただならぬ気迫をたたえて、青年はほっそりと立っていた。それがどこであったのか思い出せない。

思い出せないけれども、彼の中にある純度の高い意志は炎立っていて、確実にわたしの中にも引火した。かつてのその青年、藤原良雄さんのおかげで、思いもかけず、ずっしりと重い全集が出来上った。片手で抱えてみて、あまりの重さに躰がかたむく。決してオーバーに言っているのではない。

実は、四年前の七月、この仕事部屋の入り口で転んでしまい、腰の骨と大腿骨を折ってしまった。あれが気絶というものなのか、床に倒れたとたんに記憶がなくなって、丸々三ヶ月どうやって現世にもどってきたのかを思い出せない。さらに途中の日々をどうやって暮らしていたのかさえも思い出せないのは不思議でならない。

戻って来たのは、毎日毎夜聴かされていた幻楽始終奏なる低い弦の音色のおかげであった。

その音色が聴こえはじめると、わたしはうっとりとなり美の仙境に連れてゆかれていた。地上と天上をつないで往き来する妙音といってよかった。あの世に往っていたのだったら戻り道を忘れていただろう。わたしの腕も指も聴覚も幻奏に加わっていた。ゆかりのあった人々すべてに、奥深い弦のふるえを伝えたかった。この時程、かの音色を採譜したいという願望に胸絞られたことはなかった。

ともすれば魂が行方不明になる著者を現実に引き戻し綿密な解説をお書き頂いた方々に心よりお礼を申し上げます。

編集の皆様、読者の皆様、ありがとうございます。

全巻志村ふくみ様の装丁によってこの書が生まれたことはなんと幸福なことでしょう。

主治医の山本淑子先生がいらっしゃらなければこの仕事はできませんでした。感謝の気持ちでいっぱいでございます。

二〇一三年　三月二六日

〈シンポジウム〉

今、なぜ石牟礼道子か

池澤夏樹（作家）
高橋源一郎（作家）
町田　康（作家）
三砂ちづる（疫学者）
栗原　彬（コーディネーター）

主催者挨拶

藤原良雄（藤原書店社長）　本日はお暑いなか、また天候不順な折、たくさんの方にお集まりいただきましてありがとうございます。

『石牟礼道子全集　不知火』（全一七巻・別巻一）が今年（二〇一四年）五月に完結いたしました。準備の期間も入れますと十四、五年はかかったと思います。小社は今年、二十五年目を迎えますので、小社の歴史のなかでも半分以上、石牟礼さんの仕事にかかわってきたわけです。

二〇〇四年に刊行が始まったときに、早稲田大学大隈講堂で発刊記念シンポジウムをしました。その折には石牟礼さんにも熊本から来ていただきました。石牟礼さんは今パーキンソン病と闘いながら生活しておられます。一日も長く生きていただいて、仕事をしていただきたいという思いでございます。

以前、石牟礼さんのところにお邪魔いたしましたときに、「今、石牟礼さんはどういうことをお考えでしょうか」とお尋ねしました。すると、『大廻《うまわり》の塘《とも》』を再生したい」と仰いました。「大廻りの塘」というのは皆さまご存じのように、石牟礼さんが幼いころ一番楽しかった遊び場で、渚のようなところでございます。そこをなんとか今の水俣の若い人たちの力で再生できればとお話をされました。その理由は、〝水俣病〟の発生地、水俣ではなく、自分の幼少の頃の水俣の原風景を取り戻したいという切なる願いからです。

それで先月、世界の千七百か所に四千万本の木を植えてこられた、〝いのちの森づくり〟の匠である宮脇昭さんを石牟礼宅にお連れして対談していただきました。宮脇先生にも「大廻りの塘」をごらんいただきました。「大廻りの塘」は、現在は埋め立てなどにより原型をとどめないひどい姿になっておりました。宮脇先生にお尋ねすると、きっぱりと「大丈夫です、必ず復活します。ただし、その土地の人びとのお気持ち次第ですね」と言われました。

石牟礼さんには一日も長生きしていただいて、「大廻りの塘」の再生を見届けていただきたい。今、石牟礼道子の作品が、アメリカのみならず、フランスや中国や韓国でも翻訳がはじまっているようですが、これからも多くの国々に石牟礼作品が紹介されればと願っています。これからの時代にかならずや石牟礼さんのことばの力が輝く時が来るのではないかと思っております。

本日は六時まで約三時間余りありますが、石牟礼道子の世界にどっぷりとつかっていただきたいと思っております。

第一部　私にとっての石牟礼道子

繊細なものを聞き取る力を求めて

高橋源一郎

耳で聞き取った素晴しい詩

こんにちは。どうしてぼくがここに呼ばれて話をすることになったのか、ぼくも少し不思議に思っているのですけれども……、あ、すみません、小説家です（笑）。ただ、ぼくにとっての石牟礼道子という話ならできるのではないかと思って今日は伺いました。

最初に一つ、今日、じつは午前中はＮＨＫのラジオに出ていました。音楽家の大友良英さんという、ＮＨＫ朝の連続ドラマ「あまちゃん」の挿入曲を作曲された方といっしょに二時間、今まで読んできた本と、聞いてきた音楽の話をしてきました。だいたい二十歳ぐらいまでに、何を読み、何を聞いてきたかという話をしてきたんです。

番組の途中で気がついて、大友さんにも話しましたが、自分でもそれまで気がつかなかったことが、いくつかありました。それはぼくが中学三年の時の経験で、当時、非常に早熟な友だちに囲まれて、文学に目覚めはじめたころのことでした。周りが読んでいるものを自分も手に取って読むのですが、正直意味が全然わかりませんでした。一九六三年、六四年のころですので、当時の新しい現代詩や現代小説、それからどんどん流入してくるフランスやアメリカの思想の本を開いては、早熟な中学生の友人たち、それからもっと上の高校生たちは、ああだこうだしゃべっていた。ぼくはまったく意味がわからなかったのですが、一応、ウン、ウン、とわかっているふりをしていたのでした。

たぶんそのころ、高校生だけではなくて、日本じゅうの学生たちに読まれていた詩集の一つに吉本隆明さんの詩集があって、ぼくも読みましたが、はっきりいって意味が全然わからない。いいねといって、何がいいのかわからない。ある時、ぼくの友人がうどん屋で、いきなりその詩集を取り出して、彼の詩の一つ、「異数の世界へおりていく」という詩を朗読してくれました。もちろん意味はわからなかったのですが、人の声にのせられてそのことばが聞こえてきたときに、意味がわからなくても、ここには何

か確実にすごいものがあるという確信が生まれました。たぶん、ぼくが今、作家としてここに立っているのは、その時、ぼくの友人がその詩を朗読してくれたからで、意味がわかったからではなく、耳に聞こえてきた。その時の経験は忘れられません。ぼくがいいなと思った作品、いいなと思った詩は、どこか音楽に似ていて、耳で聞いていたように思います。

谷川雁の詩集に惹かれた

それはともかく、どこでぼくが石牟礼道子に会ったのかという話を、少しさせていただきたいと思います。

さきほど申しましたように、ぼくが中学のころ、一番最初に好んで読むようになったのは現代詩でした。その中でも個人的にもっとも強く惹かれていったのは、谷川雁という詩人の詩でした。彼はある時点で詩を止めてしまうのですが、ぼくは、というか、ぼくたちは、彼の詩を読み、彼の評論集を読み、そして彼の右腕と言われた人たちのものも争って読んでいたように思います。サークル村という、谷川雁さんたちがはじめた活動の中に、森崎和江、そして石牟礼道子の名前もあったことを、ぼくはじつはもう少し後になって気づいたのです。

今思えば、当時、まだ幼かったぼくが、たくさんのことばを浴びながら、その中でようやく耳で聞きとれるものとして、幾人かの詩人たちのことばをすばらしいと思えるようになった。

その中の一人が谷川雁でした。ぼくはたぶん、彼のことばを一番好きだったように思います。もちろん意味はよくわかりませんでした。しかし、ここには何か不思議なもの、他の詩人にはない圧倒的な何かがあると思ったのです。

そのうち、谷川雁の盟友である森崎和江の評論を読んだとき、なんとも言えない不思議な感じがしました。たしかに女性詩人はいましたし、女性の小説家もいました。女性のすぐれた評論の書き手もいたように思います。しかし、森崎さんの文章には、そのどれにも当てはまらない、何にも似ていない、ぼくにはとうてい近づくことのできない何かがあるように思いました。女性版谷川雁である森崎さんのことばにそれ以上かかずりあうと、ぼくはだめになってしまうかもしれないとなんとなく思いました。そこで一度、ぼくはその種類のことばから離れたのです。まだそのころは、彼らの横に石牟礼道子さんがいたことを、ぼくは知りませんでした。

石牟礼道子を通り過ぎた七〇〜九〇年代

七〇年代がはじまったすぐ後のことだと思います。そのころ、石牟礼さんの『苦海浄土』をぼくも読んでいました。でも、それはまだ出会いというほどの意味はなかったと思います。なぜかというと、そもそも『苦海浄土』は、ぼくの……なんて言ったらいいか、最初の奥さんが(笑)「これいいよ」と言って勧めてくれたものでした。彼女は、今考えるなら、かなりラディカルなフェミニストで、いいところのお嬢さんでラディカルのフェミニストという、六〇年代から七〇年代にかけての、わりと……こんなことを言うと怒られますが、一つの典型だったと思います。彼女は高群逸枝を研究し、一番好きなのは大杉栄のパートナーだった伊藤野枝でした。いやそれでは、ぼくはいつか彼女に粉砕されてしまうかもしれないと心配したぐらいです（笑）。

そんな彼女から石牟礼道子を紹介されて読みました。その時、どんな感想を懐いたのかは憶えていません。たぶん、この人もあのサークル村にいたのか、たしかに感じが似ている、そんな感想だったように思います。たしかにすばらしいと思いました。傑作だと思いました。けれども、一番奥深いところで自分をゆすぶってくれるものとは思いませんでした。この世にはすごい人がいるなと思いました。やっぱり谷川雁や森崎和江さんたちがやっていたことはすごかったんだな、たぶん七〇年代のはじめに、ぼくはそんなふうにしか思えなかったように思います。

それからしばらくして、ぼくは八二年に小説家としてデビューしました。デビューして、話が合う人がほとんどいませんでした。ぼくのような詩に近い小説を書く人はあまりおらず、孤独な思いを懐いていたころに大変仲よくなった詩人がいました。伊藤比呂美さんです。伊藤さんとは「ぼくたちきょうだいだよね」と言っていました。その伊藤さんは、みなさんご存じのように、石牟礼さんとは大変親しくなっていきました。彼女の詩も「声」に由来しているように思います。石牟礼さん自身は、詩も書かれるのですけれども。伊藤比呂美に、よく、「石牟礼道子さんって、いいわね」といわれました。けれども、そのときは、たしかにすばらしい書き手ではあるけれども、ぼくとはちょっと関係がないかなと思っておりました。

八〇年代から九〇年代にかけて、もちろん、『はにかみの国』も読みましたし、『椿の海の記』も読みました。たくさんは読んでいませんが、石牟礼さんの代表作と言われるものは読み、詩はどこか谷川雁に似ていると思いました。この人は、土地にルーツを持っているんだ、そんなふうに思っていました。けれども、そこでもまだ、ぼくは石牟礼道子という人を、通りすぎただけだったような気がします。いつ、ぼくが石牟礼道子と会ったのか。これはたぶんとても個人的なことになると思います。

弱い人たちに寄り添って

今から六年ぐらい前のことになると思います。ぼくの次男が小脳炎にかかって危篤になりました。このことはいくつかのところで書いたのですが、病院に運ばれて、集中治療室に入れられました。助からないのではないか、助かったとしても重度の障害が残るのではないかといわれたのです。ICUに入っていた次男は、おむつだけにされて、ぎゅうぎゅうにしばられて、ただうめいているだけでした。一週間、ぼくはそうやってうめいているだけの次男を見て、この子はこのまま死んでいくのかと思っていた時、自分でも経験したことのない、強いよろこびを感じるようになりました。このことについては話せば長くなるのですが、この世でもっとも弱いと思われる状態に陥ってしまった自分の子どもを見たときに、自分の中に今まで眠っていた深い感情が揺り動かされるような……。もしかしたら眠っていたのではなく、新しく作られたかもしれない、新しい感情に自分自身が驚いたのです。

それからこの六年ぐらい、ぼくは、時には知人と、時にはひとりで、この世界の弱いと言われる人たちを訪れる旅をするようになりました。それは子どものホスピスであり、重度の心身障碍者の施設であり、認知症の老人の施設であり、そういった場所です。もちろんそれは興味本位ではなく、なぜそういう場所に行き、そういう人たちの横に佇むと、力が湧いてくるのかという謎を解くためでした。

その途中で、ご存じのように三・一一がありました。三・一一があって、石牟礼道子の『苦海浄土』が、池澤さんが編集された『世界文学全集』の中の一巻として出されて、何年ぶりで読むことになったでしょうか。たしかに読んだはずのものだったのに、ぼくは、自分はこれを読んでいなかったということに気がつきました。その感想も一言では言うことができませんが、もっとも弱い、水俣病に冒された子どもの横に佇んで、その様子を眺め、記述し、正確にそのことばを再現している石牟礼さんは、この人のことを知っているとぼくは思ったのです。

その後、さきほど紹介されましたように、三・一一と『苦海浄土』に関する短い文章を書いたのですが、ぼくは、そのことばは非常識なほど美しいと思いました。虐げられた人、弱い人、病に冒された人のことを書いて、なぜ、あのように美しいのか。それは弱い者の横に立ち止まるということを、この人はよく知っているからだというふうに思ったのです。もちろん、そのためには、ただ横に佇んでいるだけではだめです。ぼくは自分の子どもの横にいて、それから子どものホスピスに行って、その親たちが自分の子どもたちに寄り添う様子を眺めていました。それからまた重度の心身障碍者施設の子どもたちに寄り添う施設の人たち、それから親たちの様子を見て、彼らは一様に耳を傾けていることに気がつきました。耳を傾け、耳をそばだて、何かを聞こうとしていました。何が聞こえるのでしょう。それはその親によって、一人一人たぶんちがったものが聞こえているはずです。いや、人によっては、何も聞こえていないよ、幻聴だよといわれるかもしれませんが、ぼくには確かに聞こえるような気がします。

それからまた、弱く傷ついて動かないように見える人たちも、やはり聞いているのではないか。そこで聞こえることば、届かそうとしていることばは、ぼくたちがふだん使っていることば、この社会のことばとはだいぶ異なっているように思えます。このことについて詳しく説明することは与えられた短い時間ではなかなかできません。

しかし、今、私たちがこの社会の中で強制的に使わされていることば、それは繊細さを失って、衰えた耳に聞こえるように、大きな声で話されるものばかりのような気がします。石牟礼さんの小説、あるいは石牟礼さんのことば、そこに表現されている彼女が使うことばは、きわめて弱く、やさしく、というか、ふつうの人にはたぶん聞こえないであろう音を聞き取ろうとする最大限の力によって作られているように思います。この世界には、弱いけれども確かな声がここかしこにあるはずです。それは一つには、地方の、あるいはローカルなことばなのかもしれません。あるいは子どもや老人や病者のことばなのかもしれません。そういった聞き取りにくいことばを聞き取る努力こそが、あるいは聞き取る能力こそが、今一番必要とされているのかもしれません。この会のタイトルは、「今、なぜ石牟礼道子か」ということですが、ぼくは、ぼくたちが失ってしまった繊細なものを聞き取る力を求めるが故に、石牟礼道子さんのことばに、ぼくたちは惹かれているんだと思います。

話したいことはたくさんありますが、最後に一つだけ申し上げますと、石牟礼道子は昭和二年の生まれです。ぼくの母親の一つ下です。石牟礼道子を見ると、なんだかお母さんと言いたくなりますが、石牟礼さんは迷惑かもしれません。今日はどうも招いていただいてありがとうございました。

生類の境目

町田 康

石牟礼さんとの出会い

こんにちは。ちょっと手違いがありまして、こういう形で話をするのをさっき知りまして（笑）、それなりに中身は一応考えていたのですが、今、感心して高橋さんの話を聞いていたら全部忘れてしまった（笑）。すべてバラバラな話になると思うんですが、一つずつの短い話を

十個ぐらい言ったら時間までしゃべれると思いますので、よろしくお願いいたします。

石牟礼さんとお会いしたのは、さっき紹介してもらったように、『石牟礼道子全集』発刊記念の早稲田大学でのシンポジウムの時がはじめてです。石牟礼さんの作品を読んだのは、私が高校生の時、四歳下の妹が中学生ぐらいの時に、妹の本棚を見ていたら、講談社文庫の『苦海浄土』があった。妹は

マンガしか読めへんようなやつやったのに、なんで急にその本が一冊だけあるのか、全然わからへんかった。たぶん読んでないと思うんですけれど……。それをぼくが読んだというていたらくだったんです。

『石牟礼道子全集』発刊の時、二〇〇四年は自分にとってはかなり長い小説をはじめて書いた時だったのですが、シンポジウムの会場で石牟礼さんにお目にかかるんやったら、読まなあかんと思って、その小説を書き上げた高揚感をまったく味わうことなく、ずっと重い本を読んで、悪夢に毎晩うなされていました。その後、『石牟礼道子全集　第一二巻　天湖』で解説を書かしてもろうたりとか、その後に熊本で、石牟礼さんと伊藤比呂美さんと三人で話をするという機会がありまして、そこへ呼んでもらいました。

その熊本でのシンポジウムの時にたぶん伊藤さんが手配してくれたんだと思いますが、『あやとりの記』を読んでおけというので送ってもらって読んで、自分なりにいろいろ思うことがあって、それで『あやとりの記』については、その後、いろいろなところで話をしたりしていたんです。

その時、熊本で、渡辺京二さんにもお目にかかりました。空港まで伊藤さんが車で迎えに来てくれて、どこへ行くのも、ホテルも全部、伊藤さんが送ってくれました。ところが伊藤さんは、私は右折はできないと言って、全部左折で行くんです（笑）。だから、目的地がすぐそこに見えて、そこを右に曲がったら行けるのに、全部左折で行くからむちゃくちゃ時間がかかって……、ありがたかったんですけれども。そういう思い出があります。

映画「花の億土へ」や『あやとりの記』には、海水と淡水の話にからめて、海の貝と山の木の実が逆転……、海のものが山に行って、山のものが海に行くみたいな話がありましたが、本当にそんな感じのシーンがあって、こんなに明確にダイレクトなんだなと思って驚きました。

人類ではなく生類

熊本でのシンポジウムの時に、人類についての話があって、石牟礼さんは、でも私はそれを生類と言いたいと仰っていました。その意味することに思い当たったのは、今、ご存知の方もいらっしゃると思いますが、アニマル・コミュニケーションというのがあります。動物が何を言っているかわかるということです。

時々、テレビでもやっているそうですが、犬とかの通訳をするという人がいて、日本でもやる人がいるらしいですが、海外の、英語圏の人が多いらしいです。自分が飼っている犬や猫でも、心がわからないときがあります。つまり、人間から見たら理由なくずっとほえていたり、理由なく人に噛みついたり、問題行動が多かったりする。また、特にそういう問題行動がなかったとしても、自分の飼っている犬が、この状況を不幸に思っているのか、幸せに思っているのかを知りたいというような需要があって、その需要に応えるためなのか知りませんけれども、アニマル・コミュニケーションというのをやる人がいて、それはどういうことなのか、ぼくにはよくわからない。

なぜなら、日本で飼うてる日本語の犬に、英語の人が来て通訳を介してどういう風に話をすんのやろなと(笑)、思うんですけれども、でも一説によると、人間のことばでしゃべっているわけではなくて、映像を見せるということです。だから見も知らない外国人が来て、「あなたの家に赤いクッションがありますか」と聞かれて、「あります」と答えると、「お宅の犬が言っているんです」「エッ、犬が英語でレッドクッションとか言っているんですか」「いえ、ちがいます」。映像で見せて、映像はことばと関係ないですから、そうやって赤いクッションがあるということがわかるということらしいんです。

それで、その講習会に行った人の話では、ある一人の人がすごくかわいそうだったと。アニマル・コミュニケーションをする人に、みんな、自分のペットの写真を見せて、係の人が、「こうですね」とだいたいはみんな「ああそうですか」と感心するんですけれども、ある人が写真を渡した時に、その人が「アイムソーリー」「シュリンプはだめです」と(笑)。その人のペットはエビだったのです。エビといっても伊勢エビとかじゃなくて、どうやら観賞用のエビがあるらしいのですが、アニマル・コミュニケーションの人もエビの気持ちはわからないらしいんです。

石牟礼さんの言う生類には、エビも入りますね。でもぼくらもせいぜい、何か気の毒だなと感じるときに、エビとかには思わないじゃないですか、ふつうに考えたら。どこで線を引くかと考えると、そこまでは入りません。だからそこで、石牟礼さんの意識には、エビとか、草とか、貝とかが入っているというのは、今までの考え方とは全然違うんだなと思います。ぼくも犬とか猫ぐらいやったら多少わかるかなという気もするときがありますが、エビはちょっとわかりませんというような感じです。

発想が逆にいく

全然発想がちがうんだなと思ったのは、逆にいくというか、ぼくらはだいたい生きているときに、何かええことないかなとか、楽しいことないかなと思いながら、時間というのはどうしたって、逆に行けないわけですから、先へ先へ進んでいくしかないんですけれども、石牟礼さんは、苦しいことをしながら、時間を逆へ逆へ行く。昔の方へ行くとか、もとの方に行くというのは、それは小説のやり方としては、けっこうすごいやり方なんじゃないかと思います。

私にとって石牟礼道子というのは、すごい小説家です。さっきの高橋さんの話もそうですが、ことばの、ちょっと怖さとか、強さというか、かっこよさというか、そういう、とくに最近読んだ、石牟礼さんの手紙の文章で、誰かと言い合いになって、批判みたいなのをされて、書いた手紙の文章なんかは、そうとうな緊張感です。ぼくなんかはぐにゃぐにゃですけれど、多少、小説を書くときはそれなりに緊張して書いているつもりですけれど、一応緊張して書いた文章というのは、ちょっと後で読んだら、恐くなっちゃってる部分もあるんです。そんな文章も、石牟礼さんのそれに比べるとほとんど怖くも何ともないような、本当に怖いような文章がバックグラウンドにあるから、実際の生命の時間を逆に進んだりとか、生類と言ってしまえるようなところがあるんじゃないかと思いました。

この世のものでないものたちと

それはたとえば、石牟礼さんは文学的に、この世のものでないものとか、ふつうの村社会の周辺の人たちと、さらにその外側のこの世のものでない人やものたちとが、さっき高橋さんが仰ったような、聞こえ方とか、つながり方を、ことばでやっているんですけれども、実際、そういうことが弱まってきた結果として、世の中にそういうものが現れているのかもしれません。

私の周りにもわりと聞こえる人とか、見える人とか、スピリチュアル系の人たちがけっこういて、何か知らないけれども、どっかの神社に行かなあかんと言われて、「なんでやねん」と言ったら、「俺は呼ばれた」「あ、そう、じゃあ、がんばって行ってきて」「あかん、おまえも来い」

「おまえの名前も名簿に入っていた」と言われて、「エッ、おれも行かなあかんの」とかいって、しょうがないからいろんな神社に行って拝むふりとかして、自分も多少そういうのは興味あるんで、それもおもしろいかなと思って行ったりしたことがあります。

でもちょっとインチキくさくて、言っていることにも矛盾があったんで、「おまえ、なんでそんなことやってんねん」と言ったら、「いや、俺は、このままでいったら日本は地震が起きてしまうから、そういういろんな空間のひずみを、神と通じることによって、俺は日本中直して歩いているんだ」。「俺が止めているからこれですんでいるんだ」と言って。それから半年ぐらいして三・一一が起きて、「おまえ何の役にも立ってへんやんか」と(笑)。

そんな話だったんですけれども、何の話だったか忘れましたけれども、実はそういうことを、だいたいわれわれが思っているような小説、小説に出てくる範囲の人や、小説に出てくる範囲のことばは、そういうものの、じつはすごい狭いことしか取り上げてなかったことによって、実はそういうインチキなものを根本のところでしっかり支えている、日常的な意識の側にとどまることが多いように思います。だからことばの問題でいうと、たとえば小説の、あまりこれまで使われなかったことばというのは、たとえば石牟礼さんでいうと、熊本とか天草とか水俣のことばを、そのまま使うのではなくて、かなり緻密に操作しながら使っていたりとか、ふつうのわれわれの住んでいる世界とか、これがだいたいこんな形だなと思っているところの外側の、その輪郭の外側にあるものにつねに出入りしていくというようなところ、そういう強いことばによって支えられた小説の態度というのは、読んでいて、他の作品にはあまり感じない部分が強くて。だからふつうに読んでいると、時々わからんようになることがあるんです。ちょっと気を抜いていると、ずっと同じところで止まっていて、なんでこうなるのやろという理解が、ふつうは自然にしていくところができないようなところがある。だから今度、『全集』が完結して、今までいろんな人が読んできて、いろんな本も出ていると思いますが、私はそんなにむちゃくちゃ読んでいるほうではないので、これからも読んで、自分で考えて、自分の書くものにも影響を受けたりとか、他の人の意見を、これからも読んでいきたいなと思っています。どうもありがとうございました。

石牟礼道子の記憶の窓

三砂ちづる

石牟礼さんに励まされた三点

私たちが今日いただいたお題は、「私にとっての石牟礼道子」で、二十分話すということです。『石牟礼道子全集』は世界にとっての大きな贈り物ですが、ここでは「私にとっての」石牟礼道子について三つのことをお話ししたいと思います。一つは、幼児時代を「窓」とする作家であることへの母子保健研究者としての興味。母親と子どものあり方というものをずっと考えてきたものにとって、石牟礼さんの書いておられることが、だいたい四歳ぐらいの子どもの目で、そこを窓にしてみていらっしゃるようにみえるということです。

二つめは、わたしにとっての書くべき「窓」である北東ブラジル（ノルデステ）というところ、ひいてはラテンアメリカというところとの共時性です。私は一九九〇年代のほとんどを、ノルデステというブラジル北東部で暮らしてきました。ブラジルの経験をとおして、ものを書いてきたということが多いのですが、そこにたいして石牟礼さんに励ましを得ていること、それが二つめです。

三つめは、疫学者としての水俣との関わりへの示唆、ということ。『苦海浄土』という作品は、石牟礼さんの大きな世界のほんの一部にすぎないのですが、やはり彼女の代表作で、大きな影響を世界じゅうに与えました。公衆衛生、疫学の研究者として、『苦海浄土』をどう読んだかということは、自分にとってはとても大事なことです。それら三つを通じて、石牟礼作品に同道していたい、ということについて話します。

「記憶」が書き手の資産

石牟礼さんの作品には幼い女の子が出てきます。「記憶」というものが、すべてのものを書く人間にとっての資産でありましょう。人間の記憶というものは、一人の人間のうちに全て眠っている。どの記憶をもとに、人類の記憶につながるか。ものを書いている人間は、自分の記憶を頼ってものを書きはじめるのですが、書いていくなかで、自分の記憶が人類の記憶のようなものにつなげられると感じられるようなところがあって、そこからいろいろな世界が広がっていくと思います。ですから、いわば「自分の記憶の窓」がどこにあるかということは、その人の作品の方向性を決める大きな要素となるでしょう。近代文学では、自我の確立にともなう傷、親との葛藤、など、自我に目覚めて以降の記憶を窓にして書いていくことが多い。多くは「満たされなかった子ども」がつくってきたわけですが、石牟礼さんは、そこにはたっていない。石牟礼さんの場合、その「記憶の窓」は四歳ぐらいのところにあると思います。『椿の海の記』『あやとりの記』に出てくるみっちん、『水はみどろの宮』のお葉、『十六夜橋』のあやちゃん、そのあたりの年齢の、本当に小さい女の子がたくさん出てきて、その時の記憶から、いろいろなところにつなげられている。

これは近代文学としてはとてもめずらしいことなのではないでしょうか。なぜこういうことが可能だったのか。石牟礼さんの自伝やエッセイから感じられますが、彼女は非常に幸福な幼少時代をすごされたようです。石屋さんの家が没落して、破産して、水俣のマージナルな村に引っ越していくということも経験していますが、それにもかかわらず幸福な幼少時代が感じられるのは、彼女と彼女の家族、お父さんお母さん、お祖父さんお祖母さんとの関係が非常に豊かなものだからです。祖父の松太郎さんも、石工でやり手で、いろんな工事をなさった方で、お父さんの亀太郎さんも、会計をやっていらして後に石工を継がれるんですが、大変哲学的な方で、非常に強い倫理観の持ち主です。石牟礼作品の読者の皆さまならよくご存じ思いますけれども、おもかさま、みっちんがいつもいっしょにいる気の狂ったお祖母さんは、石牟礼さんのお母さんの母です。石牟礼さんのお父さんは、そのお祖母さんにたいして、非常な敬意をもって接している。そういう繊細で豊かな人間関係の中で、石牟礼さんは育っている。

お母さんのはるのさん、この人も非常に慈愛に満ち、すべてを受けいれて笑っていらっしゃって、「春の風のような」という言葉が出てきますけれども、本当に手仕事から、家事から、なんでもできる人であったようです。石牟礼さんはこのように非常に人間的に信頼のおけるご両親のもとで育たれて、しかも気のふれたお祖母さんとずっと時間をすごすのですが、そのお祖母さんを家族がいかに大切にしているかということもごらんになって育った。つまり、彼女にとって四歳ごろの記憶というのは、覚えているに足る、覚えているかいのある記憶であった、ということではないか。その記憶があり、そこからたぐりよせるものがあるからこそ、彼女の世界がこんなに絢爛豪華に開いていったと感じるのです。幼少時代の絶対的肯定。それはとてもめずらしいことです。もちろん、そこから立ち上げていく作家としての才能がすばらしいのですが、それにしてもあいている「窓」が美しい。

もちろん石牟礼さんは、たとえもっとちがう家族のもとで生まれても、これだけの作品を残してしていかれる力のある天才だと思いますが、そのような幼少時代をおくられたからこそ、彼女の四歳ごろから見ている世界が本当に豊かに広がっていった。それを思うと、母子保健の研究者として、今、私たちは〇歳から四歳までのこどもに、覚えているに足るような、覚えているかいのあるような幼児時代を、子どもたちに経験させてあげているのだろうか、ということを考えざるを得ない。

新たな世代の石牟礼道子よ、出でよ、というようなことも、三・一一以降時々言われるようになりましたが、石牟礼さんが石牟礼さんであるためには、この幼い時期というものが非常に大切で、この時期があるからこそ大きな翼を広げていけるということにたいして、私たちはもっと意識的でありたいと思います。亀太郎さんやはるのさんみたいな、お母さんお父さんが今ほとんど存在しておりません。今の若い人たちが創造的に生きていくために、幼少時が「記憶の窓」として思い出すに足るものとして存在しているのか。「幼い人のよき育ち方について」。それが私が石牟礼道子を読んで、まず自分に問いかけること。そしてそのなかで何かできることがあるのかということを考える、それが一つ目のことです。

ラテンアメリカ文学との共時性

二つめは、北東ブラジルとの関連です。これはわたしにとっての「窓」が北東ブラジルにあるという個人的な理由と、石牟礼さんの文学のラテンアメリカの文学との共時性のようなもの、のことです。石牟礼さんを編集者としてずっと支え、石牟礼さんのよき理解者で、この『全集』を作られるにあたっても大きな尽力をされた渡辺京二さんが最近、『もうひとつのこの世——

石牟礼道子の宇宙』という石牟礼道子論をお出しになりました。渡辺さんは、石牟礼さんの文学というは、日本の文学界の中では本当に異端だけれども、世界的な文学の中で見ると非常に坐りがいいとお書きになっています。ジェイムズ・ジョイス（アイルランド）やウィリアム・フォークナー（アメリカ）がはじめた文学手法は、その後ヨーロッパではなく、ラテンアメリカで花開いていくのだと。アレホ・カルペンティエル（キューバ）とかガブリエル・ガルシア＝マルケス（コロンビア）とか、マリオ・バルガス＝リョサ（ペルー）とか、そういうラテンアメリカの書き手たちの書く、この大陸のまだ表現されなかった生命力がこの手法に媒介されて表現の形を取った、それと石牟礼さんの作品は、非常に呼応するところがある、石牟礼さんの小説はここによくおさまる、と渡辺さんはいわれるのです。

自分のことになりますが、ブラジルのノルデステという北東部で十年以上、濃密な時間を過ごしました。南米大陸の右肩のあたりから流れるサンフランシスコ河の流域から東海岸にかけて、干ばつに苦しむ開発におくれた貧しい地域で、黒人奴隷が入ってきた地域でもあります。インディオたちや、十五世紀からはいってきたポルトガル人たちによってつくられたところです。この奥地はセルタンとよばれていて、土着の宗教が土着のキリスト教となって、つい最近までカンガゼイロにジャグンソと呼ばれる盗賊などが跋扈する地でもありました。わたしはここで三十代のすべてをすごし、ブラジル人家族として、子どもを産み、育て、仕事をしてきました。この十年がなければわたしはものを書き始めたりはしなかったと思う。

ギマランエス・ローザの「大いなる奥地」はリオバルドというジャグンソの物語、マリオ・バルガス゠リョサの「世界終末戦争」は、ブラジルが連邦共和国をつくって近代化を進めようとするときに最後まで抵抗した原始キリスト教集団を彷彿とさせるアントニオ・コンセイレイロ率いるカヌードスの乱についての物語です。その作品の味わいや、物語の運びや、時間の経過は、石牟礼さんの小説と似ている。渡辺京二さんのお書きになっていることに教えられて、わたし自身の経験とつなげることができたところがあります。

ノルデステではキリスト教が土着のものになっております。一見するとカトリック教会にしか見えないローマカトリックが認めていない土着のカトリック教会があります。女性に中絶の薬をわたしたり、あるいは祈祷したりする土着のカトリック教会が、ブラジルの北東部の奥地に残っていて、そういうものと近代との遭遇、この奥地のただならぬことを私はお母さんと赤ちゃんの研究をしながら女性を通して見てきたので、そのことをどんなふうにことばにしたいのか、でもどうすればよいかわからない。それがこちらもまた言葉にならない石牟礼さんへの敬愛とまっすぐ繋がっていると感じます。

『苦海浄土』が問いかけるもの

三つめの『苦海浄土』に関して。私の専門である疫学は、集団の健康を評価したり、あるいは疾病とその原因をみていく分野で、もちろん、水俣病をはじめとする公害問題の中で、重要な役割がありました。

岡山大学の津田敏秀先生という疫学者が、水俣病の対処についての疫学の失敗について書いておられます。水俣病の原因物質は、今はもう、チッソのたれ流した有機水銀であるということがわかっていますが、原因が有機水銀であると同定するまで、長い時間がかかったと言われています。疫学の仕事はその「原因物質」を同定するのではなくて、何が、どういう食べものが、どういう環境がその病気を起こすかといういわば「病因物質」を見ていくわけですから、「原因物質」がわからなくても、水俣湾の魚が「病因物質」になっていることは明らかに出来るのだから、最初から水俣病を「水俣湾の魚」を「病因物質」とする食中毒事件として対処したら、あんなに被害が広がらなかったのではないか、と書いておられる。そのとおりだと思います。つまり有機水銀が原因物質だが、それをつきとめるのが疫学の仕事ではない。疫学の仕事は、病気とその病気の原因となった「水俣湾の魚」の関連をみつけることである。それは、食中毒事件として対応すれば、わかった。しかしながら、「病因物質」がわかったからといって、それがなんだというのでしょう。石牟礼道子の『苦海浄土』が問いかけるのは、その先のことです。生きるということはどういうことか。「食べてはならぬのかもしれないものでも食べ、災禍が起こることがわかっても産む」それが生きるということではないのか、ということを問うておられるのではないか。リスクがわかってそれを回避すると、新潟水俣病のように、胎児性水俣病患者が発生する前に中絶させる、ということになるのです。そのような疫学調査に基づく公衆衛生対策とはどういうものか、ということを根本的に問いかけておられて、わたしはここから逃げることはできません。

私は石牟礼さんのファンですから、どの作品も読んでおりますが、励まされてきた内容を、三つに分けると以上のようになります。私にとっての石牟礼道子というのは、今申し上げた三つよりももっともっと深いところで、私の存在を支えてくれているもの、幾重にもにわたしに書くことと仕事を迫るものですが、その思いはまだまだことばにできていません。でも、そういうことをこの会場の皆さまと共有できることをきょうは大変うれしく思います。

私の話は以上です。どうもありがとうございました。

世界文学としての『苦海浄土』——池澤夏樹

カメラの前で話す石牟礼さん

高橋さんはラジオの方のお仕事をしていらっしゃるから、しゃべり方も声もいいし（笑）、三砂さんは学校の先生だし、町田さんはシンガーだし、非常に心もとないのが最後に出てきてすみません（笑）。

一九六〇年代の半ばだったと思うのですけれども、ぼくがぼんやりとテレビを見ていると、不思議な番組がありました。そう広くもないスタジオに椅子が一つあって、女の人が一人坐っている。真正面にカメラが一台、まったく動かない、ズームもしない、三十分間。台本はない、らしい。ひょっとしたら、まったく打ち合わせもないのかもしれない。その女の人が、どうも九州のほうで流行っているらしい病気のことを話す。ところが、台本がないから、考え考え話すんです、ことばを選び選び……。そうするとしばらく沈黙が続く。テレビで何の音も出ないというのは、緊張を強いられます、見るほうが。引っぱりこまれる。彼女はそこで一生懸命ことばを選んで、どう言えばいいんだろうと苦悶しているわけです。

たしか「マスコミQ」という、とても前衛的なことをやっていたドキュメンタリーか報道番組でした。その後しばらくしてなくなってしまいました。その三十分間、彼女のことばを、それこそ脂汗を流して、考えながら、一つ、また一つとことばを出す。それを三十分間聞いて、テレビというのは、すごいことができるものだと思いました。その緊張感の伝え方において。そしてもちろん、話していたのが石牟礼道子という人であることもそこで憶えて……。水俣病のことが少し東京あたりまで伝わりはじめたくらいの時ですか。

いきなりカメラの前に坐らされてしゃべれと言われたら、そんなことになるかもしれない。その時は、そう思いました。しかし、その後ずっと考えていて、石牟礼さんはなぜあんなにことばを選ぶのに考えたのか。準備がなかったこともあるかもしれない。だけど、ぼくはそのことばづかいを一つ一つ憶えているわけではないんですけれども、おそらく自分と患者と病気の関係が、どう言えば正確に伝わるか考えていたのではないか。つまり彼女はジャーナリストではない。こういう病気がありますと伝えるだけではない。しかし、患者自身ではない。そうするとどこに自分の位置を見つけるか。なぜ自分

がそこへ出てきてしゃべることになったのか。水俣病に出会って、患者さんたちは親しい人も多いし、日々いろいろな動きがある。それを追いかけながら、だんだんにわかってきた病気について伝えたい。伝えたいのだけれども、なぜ自分はそれを知っているのだろうということを、たぶん考えていた。

「他者の苦しみへの責任」

二年ぐらい前に出た本で、『他者の苦しみへの責任――ソーシャル・サファリングを知る』（坂川雅子訳、池澤夏樹解説、二〇一一年、みすず書房）という本があります。これは世界じゅうの研究者たちの書いたものを集めて作った論集です。中には、われわれは他人の苦痛の映像をどうしてこんなに見るのか。ひょっとしてそれを消費しているのではないか、という報告とか、本業はボストンの大学病院の、ほとんどカリスマ医師みたいな人が、世界で一番貧しい国であるハイチにボランティアとして診療所を作って、ハイチとボストンを往復しながら、あるいはその途中でキューバに行ったり、世界じゅうを廻って資金集めをして、医者として働いて、本も書くという話も出ています。それは一つ一つおもしろい。

だけどぼくが驚いたのは、「他者の苦しみへの責任」ということばです。他者というのは、家族でもなければ、友人でもない。まったくの赤の他人です。その不幸や苦しみについて、われわれは皆責任がある！　恐ろしいというのはこのことですね。ただそれに気がつく人と気がつかない人がいる。それで知らないことにすれば、それでもいいんです。だけど、東日本大震災でつらい思いをしている人の、そばに行って話を聞く。福島から追い出され、転々としている人に、話を聞く。そういう思いが生まれるかどうか。

同情するのではないです。同情というのは、自分のポジションが揺らがない感じである。そうでなくて、そこに苦しんでいる人がいたら、まず行って、手をにぎるとか、坐って聞くとか、何ができるわけではないんだけれども、そうしようとする人と、しない人もいる。しなくても、別にかまいません。

石牟礼さんが使われる水俣のことばの一つに「もだえ神」というのがあります。もだえるというのは、身もだえする、苦しむ。だれかが苦しんでいると、そばに行って、いっしょにもだえる。それ以上のことはできない。救う力なんかない。だけど、いっしょにもだえることで、その人の苦しみの何かを軽減させている。少なくとも苦しんでいる自分を知っている、見ているだれかがいてくれる。それができる人をもだえ神というんです。人は潜在的には神だから。いつも集落の中をふらふらしていて、何の役にも立たないけれども、しかし、だれかが苦しいというと、すぐにそこに行く、そばにいる、というような人が、少なくとも昔はいた。

石牟礼さんは、水俣病の患者さんたちにたいして、一つはもだえ神であろうとした。もう一つは、何が起こっているかを観察しようとした。そしてそれを、他の仲間たちといっしょに一つの運動に育てあげて、そこで行われている不正を正そうとした。いくつもの段階があります。

小説としての『苦海浄土』

『苦海浄土』という本は大変に立派な作品で、それは立派なのは、告発の姿勢だからではありません。それからルポルタージュという誤解が初期にありましたが、あれはむしろ小説です。患者さんのことばを、録音機で聞き取ったわけではない。全部、彼女は一旦自分のものにしている。完全に血肉化したうえで、もういっぺん、小説の中のことばとして作りなおしている。その技術はすごいものです。あるいは、方言の使い方。方言というのは非常に生活感があって、効果がありますが、しかし、それが何を意味するかを文字で伝えるのはむずかしい。石牟礼さんは漢字と振り仮名を巧妙に使って、ある程度、前後に説明的なことばをスッと入れて、大変上手に使っている。

患者さんの声、ふるまい、思いを伝える柔らかくて雄弁な文体がある。それに対して医療研究者の報告はそのままポンと放り込む。これは病気についての科学的な記述ですから冷徹きわまりない。そしてあとは官僚たち、チッソの社員たちの、悪辣なふるまい。平気で嘘をつく、ごまかす、力づくで抑えこむ、などなどに対する怒りは、たんに一方的に自分を正義の味方にしての怒りではなくて、相手まで巻き込んで変えていく力になる。読んだ官僚がいたら（いたとしたら）心から恥じ入ったはずです。

これらの要素が大変巧妙につながって、水俣病という一つの社会現象の全体像が、次第にあの大作の中で見えてくる。

われわれは何をしたのか。この場合、われわれとは日本人全員です。さっきの「他者の苦しみへの責任」から言えば、あの時の日本国民全部に責任があったのです。高度経済成長でプラスチックの材料がほしい。そこでチッソの操業を止められたら困ると、通産省や産業界がそう考えていた。プラスチックがたくさんほしいという思いは、日本人全部がもっていた。その間の因果関係をメディア、マスコミは伝えられなかった。そういう意味では、水俣の患者さんたちの苦しみにたいして、日本人は全員責任があった。

ぼくは『苦海浄土』について解説を書きながら、こういう言い方をしました。あの時、日本は建設途上であった。大きなブルドーザーが広い道を造っていた。その道の先に、たまたま水俣の漁民の人たちがいた。そのブルドーザーを止めるか止めないか、止めなかったんです。結局はそういうことなんです。そのブルドーザーの後ろには、日本人全部の総意があった。これが今からだったらはっきりわかる構図でしょう。そのまま東電の話にしてもいいですけれどね。

世界文学と国民文学

だけど不思議なことに、苦しい思いをして、時には亡くなって、東京まで行ってチッソの前で坐り込みをする患者の人たちが、病気を通じてある精神的な成長を遂げます。たぶん加害者の側は成長できなかったと思う。しかし被害者は、その苦しみを通じて、自分をもう一つ高い位置に押し上げていく。

さきほどの映画の中で、石牟礼さんが杉本栄子さんのお話をしていらっしゃいましたね。患者である彼女がある時、自分はもうチッソを恨むのは止めたとおっしゃった。恨むというのは、それ自体が自分をも苦しめる、痛めつけるものだから止めた。それはさすがに石牟礼さんを驚愕させました。そこまで言えてしまうのか、と。

ある意味では代わりに病んでいる。そこに病気の人がいたときに、この人は自分の代わりに病気になってくれているという見方もできる。それがたぶんもだえ神なのだと思います。たんにそこに他人として病気の人がいるのではなくて、その人が病気なのは、自分が病気でないこととつながりがある。そういう倫理的な道をたどっていくのに石牟礼さんが立ち合って、たぶん自分もある種の成長を遂げたんだと思います。そしてその過程を見事な文章で書いた。つまり、患者さんと支援者の人たちは、あの病気という大きな現象を通じて何か偉大なものを作ったのです。それを伝えるのが『苦海浄土』だと思います。

だからぼくは、水俣病体験というのは、われわれ日本人にとってだけでなくて、世界じゅうの人にとって、一種の資産であると思います。継承していかなくてはいけない。それは文学の仕事の一つなのです。さっき三砂さんがおっしゃった、『世界終末戦争』という小説、これもすごく長いです。カヌードス地方でしたか、逸脱したキリスト教、新興宗教というか、その信者たちが圧倒的な政府軍に対して果敢に戦いつづける。まるで島原の乱です。島原のカトリックは正統だったけれども。そういう話はそこだけで収まらず、他の国の人にも深い意味をもつ。あるいはそういう形の文学に仕立てることもできる。そういう意味でも『苦海浄土』は世界文学に属する。

世界文学の逆は国民文学です、その国の人たちにとって意味がある。たとえば、けっしてこれは貶めるつもりで言うのではないのですが、司馬遼太郎さんが書かれたものは、ほとんど日本人しか興味がないと思います。あれは日本人の、日本人による、日本人のための文学です。それを超える力が『苦海浄土』にはある。ほかの石牟礼さんの作品にも、みんなそれがみなぎっていると思います。その石牟礼さんが生涯をほとんど熊本から出ないで、ローカルに徹することでグローバルになったという、これもまた驚くべきことだと思います。

最後になりますが、藤原書店さん、『全集』の完結おめでとうございます。本を出すというのは、じつは大変なことで、今どき、これほどの規模の出る作家はまことに少ない。『全集』なんてもう誰も作らないです。しかし言ってみれば『全集』は、一人の思想家の紙で作った記念碑です。紙の碑です。こんなふうにできたことを、ぼくは大変うれしく思っています。ありがとうございました。

第二部　パネルディスカッション

幼い頃の記憶

栗原彬（コーディネーター）　今までの声を聞いていて、耳をすましていて、本当に静かにしていたいという感じです。だけどここで、だんまりで一時間というわけにいきませんので、あえて口を開きたいと思います。

まず最初に、高橋さんの話、それから三砂さんの小さい女の子の記憶の話を聞いていて、とてもよくわかったことがあります。個人的なことですが、そのことをぜひまずお話ししたくなってきましたので、お許しいただきたいと思います。

私が国民学校の三年生の時、集団疎開で赤城山のふもとに行ったことがあります。その時に上野駅に幼稚園の先生が駆けつけて、一冊の美しい本をぼくに手渡してくれました。『良寛さま』という、相馬御風の本です。和紙で作られていて、非常に美しい本でした。皆さんご存じのように、良寛の世界は、戦争の状況とは、つまり非常時の事態とはまったく異なる世界です。そこにはこの上ない人間のやさしさが書かれています。私は皇国少年でしたから、そのことにある意味で心に打撃を受けながら、赤城山のふもとの新里村に着きました。

上級生が先に疎開していて、その上級生が迎えに出てくれました。お互いに向かい合ってあいさつをして、疎開先の祥雲寺というお寺に向かって歩き出しました。上級生が、下級生の荷物を持ってくれました。その時、私の向かい合った上級生Oさんが「君、何か本を持っている？」と最初に聞いたのです。何冊かの本を持っていましたが、『良寛さま』をとっさに出しました。「それを貸してくれない」と言って、それから彼との間をその本が往復することになりました。

これは三砂さんの言い方を借りれば、非常に過酷な状況の中で幸福な関係があった時代です。そのOさんは敗戦の夏に肺結核になります。肺結核ということは後でわかるのですが、彼はいきなりお寺から消えました。前橋の病院に入院し、そこで亡くなったということも後から聞きました。それでその後、何もなかったかのように戦争が終わって、それぞれが家に帰り、学校に帰りました。だけど私は彼のことが忘れられません。私たちのあいだに『良寛さま』という本が往復したということです。

そのことは、時間が経つほどに、ぼくの中で大切なものになってきたし、大人になってからくり返しその場所にも行きました。お寺の入口のところに二体のお地蔵さんが立っています。身代わり地蔵です。Oさんはぼくの身代わりだったかもしれない、自然にそう思うようになっていきました。

私のその経験が、弱く、小さく、そして遠いところの人々になぜか惹かれていくという、そのことに深くかかわっているということが、高橋さんの話を聞いていて、自分の中で確認したことです。

もう一つは、池澤さんが言われた、「他者の苦しみへの責任」という問題へ飛躍するまでには、たぶんステップがあるだろうと思うんです。ここではこういう小さい時の記憶が、自分の中で大切な役目を果たしているということがよくわかりました。そのことが『苦海浄土』の読み方にもかかわってきます。それで私たちは、「今、なぜ石牟礼道子か」という問を立てているわけです。

石牟礼道子の臨機応変なことば

それでこの「今」ということです。「今」というのは、今の状況の中で、なぜ石牟礼道子かという問に変えなくてはならないだろうと思う。そうすると、この今の状況というのは、どういうふうに考えたらいいか。

三砂ちづる氏
町田 康 氏
高橋源一郎氏

栗原　彬氏
池澤夏樹氏

もちろん、これは石牟礼さんがお書きになった時には、いろいろな今がありえたわけです。一つは、たとえば、すごく長いパースペクティブで見れば、近代化、あるいは文明。具体的には水俣病が進化していく、広がっていく、そういう状況でもあるわけです。そこにはチッソと行政と国、そういうものが絡んできます。その都度の状況というものに、石牟礼さんのことばというものが絡んでいます。

今の状況を端的に表す出来事は、集団的自衛権の閣議決定です。七月一日に私も官邸前のデモに行きましたが、その時にものすごく生き生きしたことばに出会いました。昔のシュプレヒコールとはずいぶんちがっていました。あるところでは、笑いを誘うようなことばがありました。

たとえば、「集団的自衛権やめろ、やめられないなら、おまえがやめろ」。「おまえ」というのは安倍首相のことです。「おそろしや　三権一立ひとり旅」という川柳もありました。すごくうまいですね。それから、その時デモに行った人は、くり返し見た光景があります。二台の窓のない街宣車の車体が真っ白に塗ってあり、黒い大きな字で「一億死ぬぞ」。そのあとに「立て皇太子」と書いてあるのです。つまりこれは集団的自衛権に反対しているのです。「立て皇太子」というのには笑ったんですけれども、笑いながらちょっと顔が引きつってきます。

これらのことばにふれながら、なぜか石牟礼道子さんのことばを思い出していました。考えてみれば、石牟礼道子さんのことばというのは、状況に絡む、状況に向かい合う、その意味で臨機応変のことばなんです。

ワルター・ベンヤミンの『この道一方通行』という短文集があります。その冒頭の「給油所」という短い文章の中で、彼は「文学的な効果をもって現実の習慣に鋭く向かい合うのは、これは臨機応変なこと」と書いてあります。本当にそうですね。臨機応変なことばというのは、ビラとか雑誌の文章、張り紙とかプラカードの文章です。

その文章において、書くということが行為に入れ替わるという言い方をしています。まさにそれが官邸前のデモの中で体験したことだし、石牟礼道子さんがお書きになったことばが、なぜ現実に向かい合うような、そういうタイムをもった、血肉そなえた人間となって、そこへ立ち上がるかがよくわかりました。石牟礼さんは、臨機応変なことばで、もちろん、状況に促されながら、苦しみもだえながら、ことばを選ばれて、お書きになったのです。

そして石牟礼さんは、それをくり返し書き換えられます。それは今という状況のなかで、書き換えないではいられない。たとえば今、講談社文庫になった『苦海浄土』の第一部は、ぼくが大学時代にゼミで使っていると、版が変わるたびに改変されるんです。ページも、文章もちがってくる。私が古い本を持っていくと、学生に「それはページがちがいます」とか、「そんな文章はありません」と言われます。それで新しい版をそのたびに買わなくてはならないはめになるのです。

『苦海浄土』四部作構想

『苦海浄土』の三部作のうち、第一部は一九六九年に出されています。一九五六年から六八年にかけての水俣病をめぐる人々が描かれます。一九七四年に第二部を飛ばして第三部『天の魚』が出ました。この主な内容は、一九七一年から一九七三年にかけてのチッソ東京本社での自主交渉が軸になっています。六八年から七一年の時期に当たる第二部は、二〇〇四年に藤原書店から「神々の村」という題で、『石牟礼道子全集』発刊の時に完成し、それで『苦海浄土』三部作が完成することになりました。その後、二〇〇六年に「神々の村」の単行本が藤原書店から刊行されました。

時間的に言えば第一部、第二部、第三部と、時系列に沿って出てきていいはずなのに、第二部より第三部が先に出たのはどうしてか。これはやはり状況に対応する臨機応変の文章だと言えるわけです。

それぞれの本では、中心になる人物が描き出されています。第一部だと村野タマノさん、「ゆき女きき書」の主人公です。それから釜鶴松さん、病室でマンガ本を胸の上に帆のように立てて、それで漁師の尊厳を表わしている。それから細川一博士、こういう人たちが中心です。

それから第二部になりますと、胎児性患者が出てくるし、田上《たのうえ》義春さんという方がいたんです。この田上さんというのはおもしろい方で、イノシシの子どもをかわいがるんです。ウリ坊をかわいがって、大きくなると食べちゃうのですけれどね。それから江郷下マスさんが、市立病院で解剖されて、包帯でぐるぐる巻きにされた娘の和子さんを背中にしょって、鹿児島本線の線路を通って帰ります。それはタクシーが運んでくれないからです。そして静子ちゃんや実子ちゃんの関係する田中家です。こういった人たちが第二部で出てきます。

『天の魚』のところでは、自主交渉ですから、川本輝夫さんとか、浜元フミヨさん、二徳さん等々です。それから佐藤武春さんとか、坂本フジエさんとしのぶさん、そしてチッソの社長の島田賢一さんが出てくる。本当に見事な原像で描かれて出てくる。

『苦海浄土』は、四部作という構想が石牟礼さんにおありになると聞かれた方は多いと思います。第四部は、書かれていない。石牟礼さんが、かつて「今まで杉本栄子さんと雄《たけし》さんについては書いてこなかった」とおっしゃいました。つまり、『苦海浄土』第四部として、杉本栄子さんと雄さんを中心に書くという構想がおありになるということでしょう。

私は新作能『不知火』がそれにあたると考えています。主人公の不知火、それから弟の常若はまさに杉本栄子さんと雄さんです。新作能『不知火』を含めた『苦海浄土』四部作です。『不知火』はお願いしてから二カ月で書き上げられました。ものすごいスピードですね。これもまた臨機応変ということの証拠だと思います。
こういうところから入りたいと思っていますけれども、石牟礼道子さんの状況とのかかわりとしての、こういう臨機応変のことば、こういう見方についてはどうでしょうか。池澤さんから少しお聞きしたいと……。

『苦海浄土』の世界

池澤夏樹 ぼくは『苦海浄土』をクロニクルとして分析的に読んでなくて、文学として読んできました。だからその問への答には適役ではないと思います。ただ一つ、『苦海浄土』の話が多いから、つけ加えれば、あれは病気という不幸の話であると同時に、病気以前のコミュニティの幸福の話であった。そのことをさっき言い忘れたので、言っておきます。そのうえで状況の話は他の方に聞いてください。

栗原 石牟礼文学の核心の部分に童女がいるということについては、お考えがあると思いますけれども、どうでしょう。

池澤 集団の運動でしたね。その中でお互いに知恵を出し合って、知恵と勇気を出し合って、発展していくわけです。だからそれを石牟礼さんは行動者であると同時に、教育者でもあった。それにたいして反対側、国とチッソの側にはなかなかそういう発展がなかった。ぼくは杉本栄子さんに一度だけお目にかかって、なんて明るい方だろうと思いました。堂々としていらして。ほかの方はあまり存じませんが、こういう人たちが集まっていたのかと思いました。だから石牟礼さんが自分にばかり光があたるのは困る、皆さんがいてその中の一人としての自分であるとおっしゃいますが、それは謙遜ではなくて、そうだったのだろうと思います。でも、そういう運動の記録ってなかなか近代日本にないですね。

栗原　三砂さんは幼い四歳の女の子と言われましたが、その記憶と、そこからの目線が状況とどう絡んでくるか。そのへんはどうお読みになりましたか。

三砂ちづる　私も状況とか、そういうことはちょっとよくわからなくて、今は話せないと思いますが、申し上げたかったのは、書く人にとって記憶というのは資産であるということでした。ひとりの人間のうちに眠っている記憶は、ある窓を通して、自分が書いたり、あるいは表現したりしていくと、それは人類の記憶全部につながっていくようなところがあるということです。

ものを書いている人というのは、何らかの経験をそこにつなげていると思いますが、石牟礼さんの場合は、それが非常に幼いころの経験が「窓」となって、日本の、あるいは人類の記憶につながることになった、と、私は思っています。

私は、『苦海浄土』は栗原さんがおっしゃるような状況の告発とか、そういう面ももちろんあると思いますが、石牟礼さんにとっては、たまたまそれが自分の幼いころ住んでいたところで起こったことの一つで、それが起ころうが起こるまいが、石牟礼さんの文学の底には、説教節とか、口説きとか、そういうものに近い、存在の悲しみみたいなものがあると思います。それはどちらかというと、中世文学とか、御詠歌とか、そういうものに通じるようなもので、そこを幼いころの経験から引き出してこられたのだと思います。

石牟礼さんは、世界や日本の文学をすごくたくさん読んでいらっしゃるとか、そういうことではないと思いますが、そういう存在の悲しみみたいなものへと、四歳ぐらいの経験を窓にしてつなげていらっしゃる。たとえば、作品の中に出てくるおきや様という方は石牟礼さんのお祖父さんのお妾さんです。彼女が歌う御詠歌の一行を聞いただけで、自分の中からいろいろ出てくるものがある。

だから私は『苦海浄土』もまた、おそらくそういうものであったと思います。一言聞く、あるいは一つを見るだけで、自分の経験につなげられるものが出てくるというようなもので、状況に向き合うという形で石牟礼さんが意識して書いていらしたというよりは、どちらかというと古い時代の文学につなげられるような話に近いように私は聞いていました。

あまり栗原さんの質問のお答えになってなくてすみません。

世界を抱きとめるという反応

栗原　高橋さんはどうですか、この問題は。

高橋源一郎　ぼくも少し同じことを考えていたので、栗原さんの質問への答えになるかわかりませんが……。ぼくが三・一一の後、『苦海浄土』を取り上げた時、同じ反応をしていると思えた作品として、ジャン・ジュネの『シャティーラの四時間』と、川上弘美さんの『神様二〇一一』をあげました。ぼくはその特徴が状況への即応だと思ったのです。ただそういう言い方をすると誤解されてしまうのですが、何でもかまいませんが、何か事件が起こるとします。例えば特定秘密保護法案があったら反対する、即。そういうこととちょっとちがう意味で反応するということがあるのではないかと思います。

これは別の本で書きましたし、さっきもちょっといいました、子どもが病気になった後、気がついたら石牟礼さんに接近していた。そのきっかけは、子どもが、日本で一番重病の子どもが集まっている病院にいた時のことです。そこで毎日のように子どもたちが亡くなっていくなかで、びっくりしたのは、お母さんたちがすごく明るかったこと。それからお父さんはまずいなかったこと。病院を見まわして、お父さんの姿が見えたとしても、とても暗い。たぶん明るかったのはぼくぐらいだと思います。ぼくはすでに母親化していたせいかもしれませんが、そのことがそもそものきっかけでした。

こういうことを類型化するのはよくないと思いますが、何かが身のそばで起こったときに、まるごと受けとめる反応ができるのは母親の方で、父親はまず考えて悩む。まさに、近代文学ですね（笑）。どうすればいいのかとかいってるわけです。母親はどうすべきかではなくて、子どもが死にそう、あるいは障碍が残るということになれば、じゃあ、それを受け入れて育てましょう、と五秒で決断できる。ぼくは二十四時間かかりました。多くの父親は三日ぐらい病院に通って、行方不明になっちゃったりします。あまりにも反応がちがうので、笑っちゃうぐらいでした。

もしかしたら、これはぼくの好きなアーシュラ・K・ル・グウィン（アメリカの女性小説家）がいっていることですが、男は空を見上げて考えながら育ち、私たち女性は空ではなく地面を見て育つ。あんな上の方に神様なんかいない、いるのは地面だと。ジュネという人もまた明るい。彼は難民キャンプに入り、虐殺された死体を見て、即、考える間もなく、その死体を抱きしめようとする。そして悲しみとか憤りとかでなく、その死者の弔いの歌を歌ったわけです。川上さんもそうだと思いますが、状況に即応するということは、状況に即してものを考えるのではなくて、身体が動いて、そこにある事態をまるごと抱きしめるようなものだと思います。

石牟礼さんの『苦海浄土』には、怒りも悲しみもすべてありますが、根本的な姿勢は世界を抱きしめている、あるいは世界を抱きとめている。そういうものだと思います。それは考えた末にではなく、何かを見た瞬間に身体が先に出ていくようなものです。それはぼくたちがふだん、近代文学の登場人物たちのようにふるまう、まず悩むというのではなく、いや、悩むのは後だ、まず動こうという判断です。それを古代的なものというか、母性的なものというか、女性的なものというか、命名するのはかまわないけれども、そこにはちがいがあるとぼくは思っています。

ぼくは作家になって二十年ぐらいは、身体はまず出てきませんでした。まず考えたのです。正直いって、子育てするようになってから、身体が先に出るようになっちゃった。赤ん坊って不条理ですからね。悩むとかいっている前にウンコをするからです。身体が動くということを訓練されているうちに、自分で父親なのかおばさんなのか、よくわからなくなってくる（笑）。これは、母性的とか女性的という言葉で表現するのは、ちょっとちがうと思っています。

石牟礼さんが、天草から出てこられて水俣にいたのも偶然ですね。偶然そこにいて、偶然ああいう人たちがいて、見て、動いた。動いた後は記録をしたり、抗議をしたり、寄り添ったりもされたのですが、基本的には、受けとめて、見て、抱きしめた。そういう動きを、なかなかぼくたちはしてこなかった。それはすごいなと思います。

つまり、状況に対応するという時、ぼくたちはどうしても知的にものを考えがちです。何をなすべきか、とか。そういって、父親は暗くなって病院から遠ざかっていく（笑）。三・一一のあといろんなことを考えた人が多かったのではないでしょうか。それ自体はいいことなんです、ふつうは。でも考える前に手が出てしまった人、そういう人をちょっと擁護したいと、あの時思ったんです。以上です。

心を寄せることができる生類

栗原　こういう虐げられた人とか、それから弱い人とか、そういう人のほとりに立ち、こういう人たちに身体が共振してしまうということと、さきほど、町田さんが言われたのは、アニマル・コミュニケーションということと、つながるのだろうか。三・一一の後、福島にたくさんの犬や猫やブタや、ポニーとかダチョウまで残されています。生類に心を通わせる人たちが、飼い主の家を離れない犬や猫については、そこにエサを運んだり、野良になって、しかも飼い主がわからないという場合には、それを救い出して来たりします。飼い主が分かった場合には、もちろん飼い主の所へ戻しますが、飼い主が飼うことができないという場合には、預かり親を見つけて、そこに預ける。そんな動物への心の入り方があるわけです。そういったことと、アニマル・コミュニケーションと、接点がありますか。

町田康　アニマル・コミュニケーションは、あまり関係ないと思いますが、そういうことを知りあいでやっている人がいて、ぼくは、どっちかというと、あんまり深く考えもしないし、やりもしないという最悪のパターンです。基本的に高橋さんの言っていたことと、そういう人たちが言っていたことは同じで、ぼくはちょっとだけ寄付とか、ペットフードを送っただけですが、その人たちはすぐ現場に行って、白い防護服を着た警官みたいな人が立っているから入口から入れない。どれぐらいあぶない所かわからないけれども、とにかく入ってはいけない所に、隠れて入って。コンビニで買ったカッパを着て、それもそのうち邪魔になって脱いで、そのままいっぱい連れてきていたみたいです。そういう人らは、そのこと自体がいいか悪いかは、あまり考えないで行って、高橋さんが言ったみたいな動機でやっていました。

さっきの話じゃないけれど、その範囲、どこまでが生類か、一木一草、草までいくのか、微生物までいく人もいるかもしれないじゃないですか、中には。そう考えると、犬、猫、牛もやろうというグループがわりと知り合いの中に現われて、いや、食うやつは止めて、せめて愛玩用に限定せえへんかという線引きはぼくがしました。

それはあまり考えてやるということではない。ほんまものというか、ぼくがわりと共感できる人たちは、あまり状況についての考えはもってなかったと思います。社会とか、だれが悪いとか、あまり善悪でものを考えてないようなところがあったと思います。

目の前の状況に即応することと、文学にすること

三砂　高橋さんのおっしゃること、私もすごくよくわかります。母親というのは、生まれたり、死んだりするところにつきあうと、もうその状況を受けいれるしかない。頭で考えている場合ではないので、そうやって、やっていくものなのだということは、私もすごくよくわかります。石牟礼さん自身が非常に弱いものにたいして共感をもっていらして、そこでパッと動くというのがあるというのもわかります。

おそらく、その弱いものというのは、子どもとか、病気の人とか、生類すべてとか、いろいろな言い方があると思いますが、ただ、その共感だけでは、もちろん文学にならない。母親をやった人はみんなわかりますが、目の前の状況を受けいれて、どんどん目の前にいる人が快適であるように動いていくということは、非常にリアリスティックなことなので、そこを抽象化して自分のことばにするとか、文学にするということは、どんどんできにくくなります。現実に本当に深くかかわっていればいるほど、あるいは自分がそこに寄り添っていようとすればするほど、もだえ神さんみたいな形になろうとすればするほど、なかなか表現にはなりにくい。だからこそ、そういう表現はほとんどなかったと思います。

私は石牟礼さんがそれを文学にすることができたのは、彼女はそういう世界をよく知ってい

て、すばらしいものだと思っていると同時に、そこに彼女の違和感みたいなものがあったからだと思います。そういう意味で、私は石牟礼道子が非常に近代的な人だと思っていて、その世界のすばらしさは知りつつも、そこに自分はいることはできない。つまり、彼女自身の滅びの悲しみとか、そのまま受けいれるということをわかっていながら、書かずにいられなかったということは、そこに彼女自身の苦しさ、違和感みたいなものがあったのだと私は思います。

おそらく石牟礼さんだけでなくて、そういう現実に深くかかわっていく、その場で呼応する、私もそういうものをめざしていますが、それがある時、表現になるという、そこのギャップをどうすれば埋められるのか、本当にそういう感覚的なものの世界が、文章になっていくためには、どういうふうにそのギャップを越えていけるのか、それは才能と言えば、それで終わりですけれども、私はそういうことを考えています。

池澤 さっきの町田さんの、シュリンプの話で思い出しましたが、石牟礼さんがまだ小さいころの、みっちんの話として書いていたのですが、夕方、小さな貝が草の上に登って夕日を見ている。しばらく見て、きれいだなと思うとポトッと下へ落ちる。という以上は、コミュニケーションはシュリンプでもいいと思うのです。つまりこの年ごろの、四歳、五歳の時のみっちんというのは、さっき三砂さんがおっしゃったように家族がいて、それからアニミズムの世界があって、それから世間もあったと思います。世間というのは、「わたし、お女郎になる」

といって、いい恰好をして出ていった。

そういうみっちんは、ぼくは今でも、石牟礼さんの中にいるのだと思う。それがさっきぼくがちょっと言った、『苦海浄土』の中の幸福感の話なんかを支えているわけです。その部分では、たぶん彼女は記憶で書いているのであって、戦いの同志といっしょに書いているわけではない。で、書くときというのは、人は一人で書くのです。口承文学が終わってから後、人は部屋で一人で寂しく書いて、読み手はそれを買って、自分の部屋で一人寂しく読むのです。そこのところで一人なのです。それが確立しないと、たぶん書けない。つまり共同執筆ということはありえないでしょう。やってやれないことはないけれど、ろくなものにならないですね。だからこのところでは、同志とともに戦う石牟礼道子がおり、自分の部屋で、自分全部を使って、子どもからの記憶も、女であるということも、後に私はあの話を自分で生んだと言っていますね。男にはできないことです。そういういくつもの層が、あの方の中にあると思います。

幼い頃の絶対的な幸福感

高橋　ぼくも石牟礼さんの作品を読んでいて、やはり幼いころの絶対的な幸福感みたいなものをいつも感じるんです。それはぼくにもあって、三歳、四歳、五歳のころは、取り立てて幸福な経験があったわけではありませんが、自然もあり、裏山があり、少し複雑な家庭があり、それらを含めてすごく豊かな時間がありました。石牟礼さんの中にももちろんそれはあり、それと同時に、そのことがそのまま石牟礼さんの文学を成立させているのではありません。書いている時に、語り手はある意味絶対的に孤独な場所へ行くのです。

ご存じのように『苦海浄土』で彼女が寄り添っているのは、彼女自身の家族ではなく、言ってみれば他者です。でも、他に代役もなく、代表するでもなく、石牟礼道子が書くしかなかった。これはさっきちょっと話した、子どもが病気になった時、とくに母親が元気な理由をぼくは自分で考えたことがあって、それは、「その役割はあなた」だという指命を受けたという感じが、そこにはあるからだと思うのです。母親もしくは父親と子どもだったら、そもそも指命は当然ですが、石牟礼さんと水俣の患者さんとの間には、そもそも指命したりされたりする関係なんかない、ただの他人だった。にもかかわらず、石牟礼道子、おまえが書けということを、たぶん感じていらしたんだと思います。

家族でもないとするとどういう役割なのだろうか。ぼくは、それが文学なのではないかという気がするのです。つまり本来引き受ける責務も何もないのに、それは私の責務であると感じて、石牟礼さんは書かれたのではないかと。責務というと、義務みたいなものですが、義務は楽しくないでしょう、でも責務は、ここで楽しいということば以外にないので考えてしまうのですが、ふだんぼくたちが義務とか責務ということばから受けとるのとは異った、関係ないんだけれども、でもそれをするのは私なんだということに気づいてしまう。それこそが、ぼくにとっては理想の文学の形、語り手は語っていることと関係はないにもかかわらず、なぜか知らないけれども、やらなきゃいけないことになって、よろこんでやっているという形になっているのです。自分の好きな作家は、みんなそういう、「なんでおまえが書いているんだ」といわれても、「いや、わからないけれど、やらなければいけないみたい、まあいいか」と思いながら書いているような気がします。近代文学の形からは外れていますが、そこには、読んでいるぼくたちを自由にしてくれる何かがあるような気がします。

石牟礼道子のことばの力

栗原　映画「花の億土へ」を見ながら、なぜか涙が止まらないんです。その意味では考える前に身体は反応しています。それは映像の力ももちろんあるでしょう。けれどもやはりそこで語られている石牟礼さんのことばなのです。ことばの力、ことばがもっている繊細さまで含めた、やさしく、しかし強度をもっている確かなことばが身体の反応を引き起こすのです。

石牟礼道子さんが、日常自分の身体や、自分が立っている土地の上で培われている知を、「野生知」とぼくは呼んでいます。専門知とか教養知とか、あるいは文学の知と、日常性をつなぐ、その間にあるものです。それのもっている力なのだろうと思う。そして自分が「花の億土へ」

を見て涙が出てくる、身体が反応するというのは、自分の中にもそういう野生知が、ふだんはたぶん合理性や理性で覆われているが、しかし実際は自分の中にもあるのだろうと思います。

その時に大事なことばがいくつも提起されていて、石牟礼さんの作品には、たとえば、「にゃあま」という不思議なことばがあります。それから「されく」ということばがあります。魂が越境してさまようと。石牟礼さん自身は実際に、元気な時には身体を動かして、絶えず移動していています。それは天草から水俣へだけではなくて、筑豊に行ったり、それから四国に細川博士を訪ねたり、東京に出て、高群逸枝の森の家に泊まったり、その意味では移動型労働者です。魂が身体を離れて「されく」、漂流するということですが、「魂がされく」という水俣の言い方を、実際使われている。そのことが石牟礼さんの文学の力を生み出してくるということが言えると思います。たとえば、沖縄語で魂のことを「まぶり」と、あるいは蝶のことを「ハビル」とか「ハビラ」と呼びますが、それを石牟礼さんは日常語の中で使われています。

それから多田富雄さんの「元祖細胞」ということばがあります。このことばも日常の中で使われてしまう。「もだえ神」ということばもよく使われるのですが、結局そういう石牟礼さんの文学を支えるのは、野生知というか、ヴァナキュラーな、そういうものの圏域を示しているように思います。また、私たちが読むときに、それを知的に整理するより前に涙が出たり、自分の身体が動きだしたりというところがあるのだと思います。

それでは時間が迫って参りましたので、言い残されたことを池澤さんから一言ずつ、お願いします。

石牟礼道子の天才性

池澤　小さなエピソードを一つ話します。石牟礼さんは大変に耳がよかったという話。人の声を聞いて、すぐにそれを真似できる。筑豊の上野英信さんのところへ行った時に、道の途中で出会ったおばあさんがこんなことを話していたと、そのまま筑豊弁で真似したというのです。一瞬でそのイントネーションを覚えたらしい、ということを、上野英信さんの息子の上野朱《あかし》さんに聞いたことがあります。石牟礼さんはそういう人でした。以上です（笑）。

三砂　結局、彼女は天才でしたという話になってしまうのですが、彼女が勉強して作家になった方ではないのだということです。いろんな世界文学とか日本文学とか読んでおられたのではなくて、でも一言聞けば、それを使えるという……。たとえば、新作能をお書きになりましたけれども、石牟礼さんが幼いころから、あるいは長じてから、お能をたくさん見てこられたわけでは、どうも、ない。けれどもお能が書ける。渡辺京二さんは国語の教科書で勉強したのではないかとおっしゃっていますが、日本語の文章とか、あるいは文学の世界というものを、お妾さんが歌っていた浄瑠璃とか、お父さんの寝物語とか、お母さんが歌っていた「早春賦」

とか、あと、耳で聞いた御詠歌とか、サーカスの口上とか、そういうものを、一つ聞いたらもうそれが自分のものになる。だからお能も、「お能のようなもの」をちらっと見たら、もう自分のことばとして使うことができるという、私は、彼女にはそういう天才性があると思います。だから女優をやらせたらすごかっただろうという話も聞きましたし、演劇などもすごくおできになっただろうし、お料理がものすごくお上手というのは、『食べごしらえ　おままごと』という本になっていますのでみなさんおわかりでしょうし、書も大変達者で、絵も素晴しく、歌えばプロがびっくりするようなソプラノだったということで、本当に大変才能があって稀有な方だと思いますので、そういう方がこういう世界を文章で残してくださったというのは、大変ありがたいことだと思います。

栗原　新作能「不知火」をお書きになる前に、能をごらんになったことは一回あるそうです。最近はまったく見ていないとおっしゃるので、それで能を見ていただくために東京にお呼びしたということがありました。それから、これは土屋恵一郎さんと話したのですが、能舞台の上で、石牟礼道子さんに舞をやってもらうことも考えたのです。土屋さんは半分冗談だったと思いますが、ぼくは本気でしたが、実現しませんでした。町田さん、どうぞ。

町田　石牟礼さんの小説はちょっとふつうの人の小説とちがうのは、ぼくなんかが書くときは読者に向けて書いていますが、石牟礼さんの場合は、もしかしたらちがうのかなと、さっきの能の話とか聞いて思いました。つまり石牟礼さんの文学は、神事としての文学であって、その大昔の文学の形態を今のことばの形でやっているから他の人とだいぶちがっているのかなと思いました。

『全集』が完結したので、これからも何回も読んでいきたいと思います。ありがとうございました。

弱者に寄り添うことはすべての人に寄り添うこと

高橋 いいたいことは、だいたいいえたので、とくにないのですが、最後に二つほどお話しします。まず、石牟礼さんの、弱い声を聞く、弱者のそばに寄り添う、立つという文学、立場がなんですばらしいかということです。皆さんは、自分は弱者と思っていないでしょう。でも、皆、年取って、動けなくなって弱者になるんです、ぼくもですが（笑）。弱者に寄り添うことは偉いなどといっていますが、皆なるんだよ、と考えると、結局、それはすべての人に寄り添うってことなんですよね。それは、ぼくにはほんとうに壮大なことだと思えます。読んでいるときは気がつきません。自分を弱者だと思わないから。そういうことに気づかせてくれるのがすごいなということが一つです。
もう一つは、講談社で出している『G2』という雑誌で「ふたりの道子」という、石牟礼道子さんと皇后美智子さんの友情について書かれた記事のことです。年齢もほぼ近く、たしか鶴見和子さんを偲ぶ会でいっしょになられて、皇后が石牟礼さんにかいがいしく世話をされたという記事でした。ぼくはちょっとした皇后ウォッチャーで（笑）、お二人は同じ時代をまったくちがったように、ある意味極端に異った生き方をして来られました。ご存じのように天皇と皇后が水俣に来られて、異例のメッセージを出されましたが、このお二人の間の友情って何だろうと、今晩一晩いろいろ考えると楽しいなと思います。以上です。

栗原　石牟礼道子さんは、あらゆるもののほとりに立つということをしてこられたと思います。チッソというのは今でいうブラック企業でしょう。それから行政も、国もまたブラックですね。その存在によって、人間が非正規にされていくわけです。そのこと自体を書くことが非正規小説だけれども、その意味では石牟礼さんの文学というのは、非正規文学と言えると思います。

だけど、そういうものを描いた他の作品とまったくちがうところは、その工場や行政や国家にすら寄り添ってしまうのです。それで本来もっている人間的なものを救い出してきます。だから皇后とのおつきあいと言っても、天皇、皇后を人間にするという、救いだしをやったということだと思います。天皇、皇后に声をかけられることによって、患者が救われたのではなく、逆だろうと思っています。

時間がきましたので、こんな感じで終わりにいたします。

――（司会）　皆様、どうもありがとうございました。それでは閉会のご挨拶といたしまして、藤原書店社長藤原良雄よりご挨拶を申し上げます。

藤原　本日は、三時間半ぐらいでございましたが、またたく間に時間がすぎてしまいました。パネリストの方にもっといろんな石牟礼像をお話ししていただきたかったですが、限られた時間のなかでも、多面的な石牟礼さんの像が浮かび上がったのではないかと思います。パネリストの皆様方にもう一度、盛大な拍手をお願いいたします。

石牟礼さんは、最初に申し上げましたように、今、熊本にいらっしゃいます。ところが今、石牟礼さんの魂が風に乗ってこの会場に来たのか、メッセージが届きましたので、最後に真野響子さんに、そのメッセージを読んでいただけたらと思います。真野さん、よろしくお願いいたします。

石牟礼さんの作品を朗読して

真野響子　私も少し自分のことばで話していいですか。さきほど笠井さんがおっしゃったように、多田富雄さんと石牟礼さんの往復書簡『言魂』、それから石牟礼さんの詩をいくつか読ませていただいて、その中に熊本弁というか、水俣弁というか、向こうの方言が出てきます。

それから石牟礼さんは、同じことばでも、石牟礼さんの読み方があります。だからそれを確認したくてお会いしました。本当におやさしい、きれいな声で話されるのです、ゆっくりと。私はふだんは江戸三代でべらんめえ口調ですが、今日は石牟礼さんが乗り移って、ずいぶんおしとやかな感じになっていると思います。

私事ですが、私の文学の世界は、全部母が導いてくれました。ほとんどの本を図書館で読んでいたその母は今、病院で寝ています。そして病院は、半年たって見込みがないと思うと、リハビリはどんどん削られていきます。今は週三回、一回たったの二〇分です。ですからきょうだいで毎日通って、リハビリの運動をしています。いつも私は何か書いたり朗読したりするときは、母に聞いてもらっていたので、母のそばで石牟礼さんの文章を何回も練習しました。母は、頭ははっきりしているけれども、鼻からチューブで栄養を入れています。ご飯の時間になるとみんなご飯に行くので、私はいつもその時間に朗読をしています。昔、母に買ってもらった宮沢賢治の、「よだかの星」のような悲しい作品ではなく、「さるのこしかけ」のような面白いものを読むようにして、全部母にやってもらったことを、今、返しています。「花を奉る」を読んだときは、母は途中で泣いていました。

さっきお話があったように、石牟礼さんは女優さんにもなれますし、本当に何でもできる方です。私がお会いしたとき、「この洋服は自分で作ったのよ」とおっしゃいました。ですから、ブランドということばが適切かどうかわかりませんが、全部自分のブランド、石牟礼ブランドです。本もそうだし、彼女のファッション、文化もそうだし、一度自分のものにしてから、表に出せる人なのだなというのが私の感想で、とても石牟礼さんの足下にもおよびません。先ほど届いたばかりのメッセージを、皆さんがここでまじめなシンポジウムをやっていらっしゃる間に、私は一生懸命、楽屋で練習していました。石牟礼さんの文章は本当に音楽のように美しいので、もう一度、石牟礼さんの生霊に乗り移っていただいて、メッセージを読ませていただきたいと思います。

（二〇一四年七月二一日／於　文京シビックホール）

みなさまへ

石牟礼道子

私のうちは道路造りのうちで、石工さんといった職人を育て、大事にするうちでした。石は、石になるまでに何億年もかかり、祖父はそれを山から伐り出して、石の硬さや種類を見分けて、墓石や地蔵様や神社の鳥居、狛犬などにしておりまして、石の神様と呼ばれていました。当時は道を造るのも、石工の仕事も手仕事でした。今は何でも型にはめれば物ができあがり、紙も織物も機械で作られるようになり、人間本来の技術がないがしろにされ、手仕事がなくなってきている時代だと思います。文学もタイプライターなど機械で作られ、手で書かなくなり、私自身何か引っかかっております。

私のおばは、昔、製糸工場に勤めておりまして、子どもの時、見に行ったことがあります。蚕は自分で細い糸を吐き、自分が閉じこめられる繭を作ります。見ていてとても神秘的で神様がつくられた生命《いのち》だと思ったものでした。昔のようにいろんなものを手造りにしていた時代は、今よりも文明としては質のいい文明だと思います。そういった手作業がどんどんなくなっていけば、どんな時代になるのでしょうか。今、そういったことを、つらつらと考えております。

本日は、私の「全集」が完成したことを記念して、シンポジウムを開いてくださり、まことに光栄に思っております。残念ながら私は病床にあり、そちらへ伺うことができません。熊本からお礼を申し上げたいと思います。

二〇一四年七月吉日

V
追悼・石牟礼道子

二〇一八年三月一一日
於　早稲田大学小野記念講堂

共催者挨拶

塚原　史
（早稲田大学教授）

ただいま御紹介いただきました塚原です。本日このような貴重な催しを開くに至った経緯について、少しお話しさせていただきたいと思います。

會津八一記念博物館と申しましても、お集まりの皆さん方はあまり御存じないのではないかと思います。当館は、早稲田大学で美術史の講座を始めた會津八一博士（一八八一―一九五六）が昭和初年に博物館の設置を提唱したことを起源として、二〇年前の一九九八年に開館いたしました。會津八一は歌人、そして書家としても有名な東洋美術研究の先達で、館の建物は歴史的建築である旧図書館（二号館）を再生したものです。私は二〇一二年から館長を務めておりますが、実はそれ以前の二〇〇四年に石牟礼道子さんとお会いしたことがあります。やはり藤原書店の主催で、大隈小講堂でシンポジウムが開かれ、石牟礼さん御自身の感動的な講演をお聞きすることができて、大変記憶に残っております。

昨年の一一月ぐらいでしたか、「早稲田で石牟礼さんのイベントをやりたい」と藤原良雄さんがおっしゃって、「石牟礼さんは来られるんですか」とお聞きしたら「来てほしいんだけれども、御高齢だし、難しいかもしれない」と。早稲田大学は非常に大きな組織で、会場を押さえる場合に特定の日にちを選ぶのはなかなか難しいのですが、ちょうど石牟礼さんのお誕生日の三月一一日、まさに今皆さんがお集まりのこの時刻の小野講堂が空いていたのです。

奇遇と申しますか、東日本大震災の三・一一メモリアルと石牟礼さんのお誕生日が重なり、そして他界されたばかりの石牟礼道子さんの大切なお仕事を皆さんとともに思い起こす機会になったことをまことにうれしく思っております。本日は最後までおつき合いくださいますようにお願いいいたします。

〈講演〉

私にとっての石牟礼道子

——彼女の立っている場所——

高橋源一郎

僕の新連載作品との絡みで

こんばんは。今日は期せずして石牟礼さんを追悼する催しになりましたが、最後にお話をさせていただくことになりました。恐らく今日壇上でしゃべられた方の中で、一番石牟礼さんと縁が薄い人間が僕ではないかと思います。ああ、すみません、高橋源一郎と申します。いや、でもある意味では、僕が石牟礼さんを一番知ってるんじゃないかという気もしますので、その話を少しさせていただきます。

三月は始まりも終わりも多い月なんですけれども、実は四日前、雑誌『新潮』で僕の長編小説の連載を始めさせていただきました。久しぶりのというか、もしかしたら最後の、いや最後のと言うと詐欺っぽくなるんですけど、長編を始めました。タイトルは「ヒロヒト」です、実は石牟礼さんとも大変関係のある話なんです。一回目は昭和四年六月一日、和歌山県田辺で昭和天皇と南方熊楠が会ったという有名な事件があります。その日のことを書きました。原稿用紙六〇枚ほど。オリジナルの史料は二ページぐらいしかないんですが、非常に面白い出来事です。いや、画期的な事件ではないかと思っています。

南方熊楠という人は大変有名な植物学者、粘菌の研究家、文化人類学者でもあり、博物学者ですね。昭和天皇は、即位して四年目ですが、彼にぜひ会いたいと言って、会うことになりました。天皇には御進講という講義をするんですが、たいてい宮中に行ってやるんですけれども、熊楠は田辺を出たくないとわがままを言った。そうしたら、昭和天皇が、じゃあ僕が行くということで戦艦長門に乗って田辺湾に行ったという、大変有名なエピソードです。

そのとき三〇分ぐらい講義をするんですが、これが調べていくと大変面白い。最初にこの熊楠と裕仁が出会うのは、田辺湾上にある神島《かしま》という島で、わざわざそこを熊楠が指定するんです。これは、実は政府側としては受け入れられない条件だったと言われています。どうしてかといいますと、当時熊楠は神社合祀反対運動、これは日本で最初の環境運動と言われています。あるいは、最初の公害反対運動は、足尾銅山か、この神社合祀反対運動かどっちかと言われていて、それの現場が神島でした。そこに来るなら会ってもいいと言ったら、天皇が行くと返事をしたわけです。衝撃的な出来事だったんですね。

熊楠がこの神社合祀反対運動にのめりこんでいった理由についてお話ししましょう。先ほど誰かが産土神《うぶすなかみ》の話をしていましたが、明治になって明治政府が行った最大の事件と言われているのが神社合祀です。市町村を一個の単位にして、一つの市町村に一個しか神社を許さない。その結果、全国で八万の神社がなくなった。神々のジェノサイドです。それに

対して熊楠は、これはこの国を亡ぼすものだと抗議をした。実は神社をなくすということは、その土地を痛めつけることになる。木を切り取っちゃうんで、環境破壊にもなる。どんどん伐採していくことで植物もなくなってしまう。植物がなくなると、例えば海岸の木を切っちゃうと、土壌が流出して、荒れ果てた土地になる。ですから地味は失われ、神がいなくなり、その結果、その小さな土地の共同体が滅びてしまう。だから、明治政府に対して南方熊楠が一大反対運動をするんです。これが明治四十年ぐらいです。

ところが明治四十年というと、どこかで聞いたことがあるわけですが、そうです、明治四十三年が大逆事件の年です。御存じの方も多いかもしれませんが、大逆事件の中心は二つあって、一つは東京グループ、そしてもう一つが紀州グループ。大石誠之助等ですね。その紀州といっても、要するに田辺市の隣なんです。その大逆事件グループの中心に、管野須賀子という有名な女性がいますが、管野が、当時の田辺の牟婁新報《むろしんぽう》という新聞社に勤めていたことがあります。で、熊楠が神社合祀反対運動の論文を発表したのがこの『牟婁新報』。なので、実は熊楠こそ大逆事件の真のリーダーではなかったかという説もあったぐらいです。それが明治四十年。

それから十数年、二〇年近くたって熊楠が神社合祀反対運動のシンボルとしていた神島に天皇を呼びつけた。で、天皇は行ってしまった。一体これはなぜだろうというのが、僕の大きな疑問でした。

地の神々をめぐる天皇の役割

今回そのシーンを書いていて、どこかでこのシーンは見たことがある、と思いました。公害反対運動、環境運動の聖地へ天皇を呼び寄せた人がいたことも。それが、石牟礼さんですね。二〇一三年、今上天皇、美智子皇后が水俣を訪問されたのは、皆さん御存じだと思います。そのとき天皇、皇后は水俣の語り部の話を聞かれただけではなくて、極秘に胎児性水俣病の患者の方と会った。これは会った後に発表されたんですね。なぜこれが実現したかというと、石牟礼さんが、いや石牟礼道子という人がもう一人のミチコに送った「水俣に来るのだったらぜひ胎児性水俣病の患者にお会いしてください」というメッセージが当人の下に届き、きちんと受けとられたからだそうです。もう一つ伝わっている話で有名なのは、最初水俣病の語り部の方が講演予定の原稿を出されたら、天皇陛下が却下した。私が聞きたいのは、こんな通り一遍のことではない。本当の気持ちを言ってくださいということでこれが実現したんですね。

この昭和四年六月一日の熊楠と裕仁の神島での出会い。それから二〇一三年、水俣での天皇、皇后の訪問と、そのとき石牟礼さんは体調も崩しておられたし、特に会う場面もなかったそうなんですけれども、空港まで見送りにいかれたら、わざわざ美智子妃が戻ってお会いしようとした。結局会えなかったのでメッセージを伝えられたということになっています。そのエピソード。

どちらも、僕にとっては謎でした。僕がいま書こうとしている、天皇をめぐる小説ですが、そこで考えてみたいのは、「天皇」という人間の謎です。日本の政治の、あるいは社会システムの象徴であると同時に、大きい社会、と同時に僕の考えでは平仮名の「くに」、産土《うぶすな》、人々が生き、死んでいく場所、そういうものへの信仰みたいなものを、どうもあの人たちは隠し持っているのではないか。それは、明治天皇以来の天皇のイメージ、大元帥のイメージ、政治社会の頂点、現人神といったものとはまた別に、その地に根差した人々の、それぞれの地の神々をめでる、そういった役割みたいなものを実は有しているのではないか。

現在の天皇はめちゃくちゃたくさん日本中を回っているんです。どうも計算すると、大体日本中を全県三回以上回っている。沖縄も含めてですね。そして、現場に行ってはひざまずいて、その地の人々と話す。いや、土地の神々と対話をする人たち、そういうものを呼び出すことができる人が、時々出てくる。それが熊楠であったり、石牟礼道子であったりするのではないか。この小説の構想自体は三・一一の以前からあるんですが、そんなことを思っていたのでした。

僕は石牟礼さんとは一度しかお会いしたことがありません。それから、もう一度電話でちょっとだけお話しして声を聞いただけです。でも、どうも誰よりもよく知っているような気がします。そして、ちょっと変な言い方ですが、石牟礼さんは死んではいないんじゃないかと思うんです。生きているとか死んでいるというよりも、死んだという気がしない。それはなぜだろうか。彼女の言葉が残っているからです。

若い世代の方たち、それからそれぞれの世代の方たちで、石牟礼さんとの出会いは、皆さん違われると思います。僕は今年で六十七になります。僕にとって石牟礼さんはどこから来たのかというと、ずい分以前のことです。これは以前に話したことの繰り返しになってしまうのですが、僕が初めて詩や小説を読み始めたのが中学生のころですが、最も影響を受けた詩人の一人が、九州で文化運動をしていた谷川雁でした。彼はサークル村という運動をしていました。一九六〇年前後ですね。谷川雁はそのサークル村という場所によって、共産党に属しながら、同時に政治に振り回されない独自の言葉を使った詩や評論を発表していました。僕たちの世代は、すごく深い影響を受けています。同時にそのサークル村は幾人もの優れた詩人や批評家を生みました。上野英信さん、あるいは森崎和江さん。彼女の『非所有の所有——性と階級覚え書』を読んだのも、中学のころです。

実は、そのころに石牟礼さんもそのグループにいたということをずっと後になって知りました。それは日本の表現の運動、あるいは政治的な運動にとって、忘れられない特異点とも言うべき運動でした。この話も長くなってしまいますが、それまで政治といえば政治、政治と文学は違う、その間には乗り越えられない壁があるといった常識を壊したのが谷川雁さんたちのサークル村だったのです。その中では独自の作品も生まれましたが、とりわけ、森崎和江さんのような、男性では書けない圧倒的な力を持った女性の詩人、批評家も生み出したのです。僕が石牟礼さんの名前を知ったとき、ああ、谷川さんや森崎和江さんの同志だったんだ。どおりですごいな。そう思ったのです。それが七〇年前後のことだったと思います。

石牟礼道子というすぐれた表現者の発見は、七〇年前後で、実は、僕にとっては一回終わっています。僕に石牟礼道子が戻ってくるのは、正直に言って僕が六十代になってからでした。

「母親」の再発見

その理由は何でだろうと、僕も考えるんですが、ここから少し個人的な話をしたいと思います。石牟礼道子さんは一九二七年三月一一日生まれ、昭和二年の生まれです。ちなみに僕の母親は一九二六年七月十四日生まれ、一年違いです。もう一つ名前を入れていいでしょうか。『この世界の片隅に』というアニメ、あの主人公の北條すずさんは、一九二五年生まれです。この三人、実は、それぞれ一歳違いなんですね。

どういうことかというと、石牟礼道子さんの再発見は僕にとって母親の再発見と実はつながっています。母親が亡くなってから十年以上たちますが、亡くなる少し前に、自伝を送ってきました。原稿用紙に万年筆で書いて、送りつけてきたわけです。実は、その「自伝」を去年まで読んでいなかったんです。ひどいですね。何で読んだのかというと、『この世界の片隅に』を見たせいです。ごらんになった方も多いと思いますが、あれは昭和十九年、二十年の呉を舞台にして、呉に嫁いだ広島の女性のすずさんが戦火をどうやって生き抜いていくかという物語でした。作品の中で、すずさんの実家が被爆をするんですね。すずさんは大丈夫だったけれど。実は母親から、呉の海軍工廠で働いてたという話を聞いて、うちの母親も八月六日の朝、実家の尾道から広島に行く列車に乗る予定だったのが、切符が売り切れて乗れなかった。すずさんと同じで、広島の被爆をぎりぎり免れた者同士だった。それもあって、映画を見ていて、動いている北條すずさんの姿に母を思い出したのです。ひどいですね、そのとき、初めて母親の書いたものを読み返そうと思ったのです。そのおかげで、自分が知らなかった母親と出会うことができたように思います。

それから、石牟礼さんのものを読み直してびっくりしたのは、これは以前には読んでなかったんですけど、「タデ子の記」という、一九四五年に石牟礼さんが戦災孤児を引き取って育てたという五〇日間の、大変感動的な記録です。「この世界の片隅に」は、すずさん夫婦が戦災孤児を拾って育てるシーンで終わっています。監督にも訊きましたが、原作者は、この石牟礼さんのエピソードは知らなかったようです。ここに何かすごく共振するものがあったように思います。自分にとっては、彼女たちは母親の世代です。今まで他人だったその世代の人たちが、生身の人間としてよみがえってくる。母親もそうでしたし、石牟礼さんの作品も、僕にとって新しい意味を持ってよみがえってきたのです。

重度心身障がい者施設での同じ光景

『苦海浄土』を三・一一の直後に読み返しました。あの作品は本当にすばらしい言葉に満ちていますが、何よりすばらしいのは、三・一一の直後に、この世界に向けて書かれていたんだなと思わせてくれたことです。個人的なことでまた申しわけないんですけれども、僕はこの一〇年ほど一つのプロジェクトに取りかかっていました。それは「弱さ」に関する研究なのですが、もともとは次男の病気が発端でした。今日卒業式を迎えた次男はいま十二歳ですけれども、一〇年前に急性小脳炎になって危篤になりました。そのとき、重度の障害が残るだろうと言われました。大変なショックで本当に混乱したのを覚えています。幸い奇跡的に回復しました。でも実はまだ少し障害が残っていますが。

そのとき、彼が入院していたのは子供の難病専門の病院なので、たくさんの子供たちがどんどん亡くなっていきました。そんな中にあって、母親たちはみんな元気でした。父親たちはほとんど病院に来ない。それを見たとき、このような過酷な条件にあって、どうして母親はあんなに強く、明るくいられるんだろうという純粋な好奇心と、ここには大切な何かがあるという思いから、個人的に「弱者」の研究というものを始めたのです。

その後、重度心身障害者の施設や、認知症の老人の介護施設、子供のホスピスといったところを回りましたが、いつも同じ光景に出会いました。あと数カ月しか余命がない子供に付き添っているお父さん、お母さん。生まれつき一言もしゃべれない子供と暮らしてきたお父さん、お母さん。彼らがたどり着いた場所というのは驚くべきもので、皆さん異口同音におっしゃるのは、こういう大きい障害を受けた子供を授かって本当によかったということです。もし彼らがいなかったら、私は傲慢な人間だったでしょう、感謝しますという言葉を何度も聞きました。もちろんもっと重苦しい言葉を吐かれる方もいたんですけれども、そういう弱い人間に付き添った、その横に立つ人間がある意味新しい生命を得ていく、という光景を見たときに、これはまたどこかで見たことがあると思ったのです。

僕が一番驚いたのは、重度の心身障害者の施設に何度か行かせていただいて、生まれつき、既に重度の心身障害という二カ月ぐらいの赤ん坊を抱かせていただいたときです。「高橋さん、抱いてあげてください」と言われました。その赤ん坊の強い視線にたじろぎました。人間はこんなに鋭く厳しい視線をするのか、と同時に、生きているということが腕の中から感じられるような思いをしました。そのとき、やはり、これはでもどこかで読んだことがあるという思いに襲われました。そして、そのときになってやっと『苦海浄土』の杢太郎少年の記述の意味がつかめた気がしたのです。同じ記述を何十年前にも読んだことがあったはずなのに、ああ、あれは本当にそういう意味だったんだとわかるのに、愚かな僕は何十年かかったのです。石牟礼道子さんがどんなふうにその場所に立っていたかを、初めて自分の肌で実感したときのことです。

萃点としての石牟礼道子

もう石牟礼さんの肉体はこの世にありませんが、僕たちは繰り返し「彼女の」経験に立ち会うことができます。彼女の言葉の中に入れれば、そういう場所に立ち止まり、寄り添うことができる。それはある意味現実ではできないほどの、言葉だけが持っているとてつもない大きな経験なんだと思います。

今回調べていて、不思議なことがたくさんありました。石牟礼さんの『西南役伝説』、初出は雑誌『思想の科学』です。『思想の科学』の創設メンバーの一人は、鶴見和子さん。鶴見和子さんの主著は『南方熊楠』。ちなみに石牟礼道子さんが皇后美智子さんと会われたのは、鶴見和子さんの亡くなられた命日を記念する場だったそうです。石牟礼道子、皇后美智子、鶴見和子、熊楠、もっとたくさんの名前がいろんなところで絡み合って、押し寄せてくるような気がします。

鶴見和子さんは熊楠を「萃点《すいてん》」と称しました。「この人は、萃点を求めた」と。萃点というのは、全てのものが集まる点です。「萃点」を求めた熊楠という人間自体が萃点なのだと鶴見和子さんはおっしゃったのです。世界のあらゆる事柄が、複雑な事柄が全部熊楠につながっている。熊楠は曼荼羅をつくっているんですけれども、政治、社会、宗教、法、生物学、文化人類学、文学、何でもやった人、日本を丸ごと自分の思想の中に入れ込んだ人でした。その結節点、萃点に熊楠がいました。熊楠が生まれたのは一八六七年です。石牟礼道子はそれから六〇年後、一九二七年に生まれました。石牟礼道子もまた近代日本にとっての萃点なんだろう、と僕は思います。全てのものが、全てのことが、石牟礼道子という仮の肉体を通して生まれた言葉の中に埋め込まれている。この世界が何で、この世界がどうなっていくかを知りたければ、石牟礼道子がつくり出した森の中へ入ればいいんだと思います。石牟礼道子という人がつくり出した言葉の森の中に、これからの、もしかすると滅びに向かっていくかもしれないこの世界を、そこから救うことができる考え方、姿勢、言葉があるような気がします。

なので、僕は石牟礼さんが亡くなったと聞いたときに、悲しいというよりも、でもあの人は死なないものねと思いました。いつでも本を開けば、そこに「彼女」はいます。

もう一度言いますが、石牟礼道子は私たちのこの世界にとっての萃点なんだろうと思います。それは、世界のあらゆるものとつながりがある。いま私たちの周りにあるのは、分断と断絶の言葉です。それは、萃点の思想とは正反対のものです。そうではなく森の思想、そこに行けば全てがある、全てがそこにつながるものがある。そういうものを、石牟礼さんは私たちに残してくれました。なので、悲しむことはないと思います。いつでもページを開けばそこに石牟礼道子がいて、私たちの横にたたずんでくれるのですから。今日はどうもありがとうございました。

（二〇一八年三月一一日／於　早稲田大学小野記念講堂）

〈講演〉

水俣の魂に引き寄せられて

田口ランディ

水俣での新作能「不知火」奉納公演

石牟礼さんは、私にとってはとても怖い人でした。今も石牟礼さんのまなざしに射抜かれているような気がして、こうやって皆さんの前でお話しする自分が恥ずかしいような気持ちでいます。

『苦海浄土』を執筆なさるときに、どういうふうに書かれましたか、という質問に石牟礼さんが答えられた、もうその言葉だけで打ちのめされる思いでした。「物々しいことにならないように、静かに、静かに書いておりました」、「桜の花びらを一枚一枚紙の上に置いていくような気持ちでつづっておりました」と。自分がそういう作家でいるかなと思うと、もうここで話をすることも物々しいような気がして。

石牟礼さんとは、あまり深い御縁はありません。お会いしたことは三度で、言葉を交わしたことは一度です。最初は、能「不知火」上演のときでした。私が初めて水俣に行ったときで、私にとって水俣はちょっと怖い場所でした。

最初に石牟礼さんの作品に出会ったのは二十二歳のときで、そのとき私は、お芝居をしておりました。そのお芝居のけいこ場で、兵藤恵介さんという演出家の方が石牟礼さんの作品を大変お好きで、そして石牟礼さんをとても尊敬して、畏敬していらして、その作品の上演をずっとなさっていたんです。ですから今でも、私にとっての石牟礼作品は言葉として体に入っています。暗い防空壕を改良したけいこ場でした。闇の中にぼんやりと明かりがともると、そこに役者さんが立っていて。そしてあれは杉本栄子さんだと今になるとわかるんですけど、漁師の女の人が舟をこいでいて、不知火海の美しさを語っているんです。そういう芝居を通して、私は石牟礼さんの文学に触れていきました。

ですけれども、その劇団が石牟礼さんの作品を上演する一カ月前に火事が起きて、演出家の方も亡くなりました。私は、石牟礼さんの作品は美しいしすばらしいけれども、とても怖いと思っていました。何が怖いのか自分でよくわかりませんけれども、怖いなと。だから自分はもうここにはかかわらない、そう思っておりました。水俣も自分には関係ないし、遠いことだと。ですから自分が今こうしてお話をしていることが夢のようです。

四十で作家になりまして、たまたまですけれども、自分が一番影響を受けた作家ということで石牟礼道子さんのお名前をホームページに書いておりましたら、水俣フォーラムの方からご連絡があって、石牟礼さんについてお話ししてくれないかと依頼を受けました。私はすぐにお断りしました。そ

ういう立場にはありませんし。そのときに「石牟礼さんが能をお書きになって、それが水俣で上演されることは御存じですか」と聞かれて「えっ、お能を上演されるんですか」、「はい、水俣の埋立地で、薪能を上演されるんですよ」。私、思わず「ああ、見てみたい」って答えていたんですね。でもそれは、もしかしたら亡くなった兵藤さんが私に言わせたのかなとも思います。もし生きてらしたら、きっと自分の目で見たかったろでしょうから。

それで私は水俣に行くんですが、能「不知火」は奇跡のようでした。台風が近づいていて、みんな前の日から天気のことを気にしていたんです。風も強かったし、上演できるんだろうかって心配していましたけれども、本当に美しい夕焼けが出て、風も止まって、満月が出て。私はそのときに初めて、緒方正人さんと杉本栄子さんの姿を見ました。石牟礼さんの作品の中では知っておりましたお二人が船霊を送っていました。美しい精霊船を海に流して、そして手を合わせて祈っていらっしゃいました。緒方正人さんが中心になって能の勧進をされたと聞きました。そのお二人が海に向かって祈っている姿はほんとうに神々しくて、もう私、その姿を見ただけで胸がいっぱいになってしまいました。

翌日、お二人に御紹介しますよ、と水俣フォーラムの方に言っていただいたんですけれども、とても会えないと思ってお断りして帰ってしまいました。そのときに石牟礼さんにも御紹介していただいたんですけれども、やはり石牟礼さんとも、御挨拶をしただけで逃げてしまいたくなって「失礼します」と言って。「あら、作家さんなの」と言われたんですけれども、作家だとも言えなくて。ですから、私は石牟礼さんについては物々しくならないように、どういうふうに静かに語っていいのだろうかと。おつき合いはほとんどございません。

魂の力に触れるということ

その後、私は水俣に通うようになり、杉本栄子さんと緒方正人さん、緒方正実さんと、親しくさせていただくようになりました。あるとき杉本さんと一緒に温泉の露天風呂に入っていたら、杉本さんが私に、どうしてあなたは水俣に来るんですか、ということを水俣弁でお聞きになったので、「さあ。何で来ているのか自分でもよくわかりませんけれど、御縁があって」と、しどろもどろに返事をしたんですよね。そうしたら杉本さんが「あなたを見ていると、道子さんを思い出す。あの人もちっちゃなからだで、ちょこまか路地を歩いていたもんね」と、おっしゃいます。まず石牟礼さんを「ちょこまか」と表現なさったことにすごいびっくりして、さすが杉本さんだな、そんなことほかの人は絶対言えないよな、と思ったんですけれども。でも、それはとても優しい、本当に優しい、まるで自分の娘のことを語るような言い方で。ああ、石牟礼さんもこんなふうに患者の皆さんから優しく抱き止められながら、水俣に入っていったんだなと感じました。最初から水俣の人だったわけではなくて、移り住んできて、そして水俣病の患者さんと出会って、それで水俣病の患者さんに受け入れられていったんだなと。そのときにようやく、石牟礼さんの作品の中に現れてくる、強くて温かい人間像に自分がじかに触れたような気がして。石牟礼さんが、水俣病をあんなに美しい言葉にできたのは、この魂の力に触れられたからなのだな、と感じました。

ですから私は、どちらかといえば患者さんのそばに行って、患者さんの声を聞いてみたいと思いました。患者さんの声を通して、何とも言えない凄みと、包容力を感じました。一度水俣で講演をしたときは、今日よりももっと緊張していて、何しろ水俣病の患者さんや、ずっと水俣で闘ってきた方たちが、どんと会場にいらっしゃるわけですから、そういう方たちの前で、何も話すことはないんですよ。私、どうしたらいいだろうと思って、結局のところ自分のことしかしゃべることがなくて、もう本当に情けないようなじぶん語りをしてしまって。自分の父親は漁師で、アルコール依存症で、兄は引きこもりの末に餓死した。そういう家族関係で、そういうことがあったから自分は作家になったんです、という話をさせていただきました。

家族の話は、作家になってから何度か講演会でしたことがあるんですが、そのときの患者さんたちは、丸ごと私のことを受け入れて、包み込んでくれました。そうか、あんたも苦労したんだね、あんたの気持ちはわかるよ、そういうことってあるよな、といってくださり、ありがたかったです。「にぎにぎしいけれども大きな声ではない、何か温かい、優しい気配」と石牟礼さんが書いていらっしゃいましたけれども、ここにはそれが溢れている、まだそういうものが残っている場所なんだろうかとびっくりしました。水俣に通うようになるにつれ、石牟礼さんの作品に書かれている、闇ではなくて光の部分がどんどん自分の体の中にしみ込んでいくようになったんですね。そうしましたら、少しずつ怖くなくなってきました。

石牟礼さんが、『あやとりの記』などの作品の中で、よくおんぼ焼き（隠坊）のおじいさんの話を書かれています。「とんとん村」という村があって、今の言葉で言えば被差別部落ですが、皮をなめしたり、牛の皮で太鼓をつくる人たちがいて、それでその太鼓の試し打ちがとんとん聞こえてくるから、「とんとん村」という。その「とんとん村」におんぼ焼きのおじいさんが住んでいて、昔は土葬ですから、行き倒れや身寄りのない人を焼いて葬っていました。石牟礼さんの村の人たちも御両親も、その人のことをとても尊敬して、畏怖の念を持って語っていたという。その感じが、水俣に行ってようやくわかりました。そういう人をあざ笑ったりとか、さげすんだりすることは決してなくて、あのおじいちゃんは、焼いた死体の骨の、膝のお皿で焼酎を飲んでいる。それで、いつも火の玉がついていて、おじいちゃんが夜道を帰るときは、その火の玉が提灯がわりになって照らしてくれる、とそういう伝説のように語られている世界があって、かつて私たちはそういう霊的な世界に生きていたんだと、感じることができたんです。

東京の鎮魂のために歩く

水俣病認定五〇年のとき、杉本栄子さんと一緒に東京を歩きました。そのときは緒方正人さん、その他水俣病の患者さんたちも一緒でした。皆さんは喪服を着て、私は平服でした。そして、水俣の海で天日干ししてつくった塩と、それから藍で染め抜いた腕章をつけて、元チッソの本社があった場所や霞が関をみんなで歩きました。私も一緒に歩きましたけど、皆さん、何も言わずに黙って歩かれるんです。静かな、静かな行進でした。あまり静かなんで、道行く人が声をかけてきたんですね。「あなたたちは水俣病の患者さんですよね。何でもっと声を上げて世の中に対して訴えないんですか」と。若い男性でした。それに対して杉本さんは、「私たちはね、もう本当に長い間ずっと叫び続けてきたんですよ。そして今は鎮魂のために歩いてるんです」とおっしゃいました。その後私は杉本さんに、「杉本さんは、水俣の海で亡くなったいのちの鎮魂のために歩いていらっしゃるんですか」とお聞きしたら、杉本さんは私の顔を見て、「本当に鎮魂されるべきは、東京だと思います」とおっしゃいました。私はそれを聞いて、ほんとうに心底びっくりしたんです。杉本さんは、この東京の鎮魂のために歩いていらしたのか、と。じぶんと東京が重なって、天地がひっくり返るような不思議な感覚でした。

ですから杉本さんと石牟礼さんは、私の中では一つなんですね。石牟礼さんに何回もお会いしたわけではありませんが、石牟礼さんが触れていたものは、杉本さんを通して私に入ってきたような気がします。杉本さんも、もう既に亡くなっておられます。

今日ここでお話しすることがとても負担で、朝から、どうしよう、何をお話ししたらいいか全然わからない、と思って途方に暮れておりましたら、ふと頭に浮かんだことがありました。それが「もやいなおし」でした。もやいがまだ終わってないよ、という言葉です。もやいが終わってないってどういうことかと考えたんですけれども、もしかしたらそれは、これからは患者さんだけではなく、あの水俣という町に生きていた人たちの、まだ何も語られてない言葉、そこがまだ結ばれてないよということなのかな、と感じました。もし自分にできることがあるとしたら、言葉にされていない人たちの言葉を、大ごとにするのではなく、静かに、一片一片拾うようにしてつづっていくことなのかなと。確かにあの町にはたくさんの人が住んでいて、私はとても親しくさせていただいています。通っているうちに、患者さんではなくて、普通に水俣で生まれ暮らしているお友達ができて、家に泊めてもらったり、一緒にお酒を飲んだりしています。この方たちが水俣病をどう受け止めてきたのかは、まだ言葉になっていないなと、このごろ思うようになりました。

石牟礼さんは、次元を超えたまなざしをお持ちの方でした。そのまなざしは、石牟礼さんの作品に触れたもの全てに注がれて、読み手はそのまなざしに射抜かれてしまいます。そういう言葉を紡ぎ出せた石牟礼さんの背後にあるのは、患者さんたちの菩薩のような包容力だなと。だから『苦海浄土』は「苦海即浄土」ということなのかな、と勝手に思っております。ありがとうございます。

（二〇一八年三月一一日／於　早稲田大学小野記念講堂）

〈追悼コメント〉

（五〇音順）

赤坂憲雄（民俗学者）
赤坂真理（作家）
今福龍太（文化人類学者）
宇梶静江（詩人・古布絵作家）
笠井賢一（演出家）
鎌田 慧（ルポライター）
姜 信子（作家）
金大偉（アーティスト）
最首 悟（社会学者）
坂本直充（詩人）
佐々木愛（女優）
田中優子（法政大学総長）
ブルース・アレン（清泉女子大学教授・翻訳家）
町田 康（作家）
米良美一（歌手）

近代の彼方には「じょろり」でゆく――

姜 信子（作家）

歌と語りと祈りの旅

ここのところ、祭文《さいもん》語り八太夫とその狂言方である私の「じょろり」の旅の門付けは、いつもこの唄で始まります。

六根清浄《ろっこんしょうじょう》　六根清浄
六根清浄　六根清浄
この世の奥を満たす錫杖の響き
言葉を失くした耳たちを
いんいんと震わす永遠の響き
水はみどろのその奥に
まことの花の咲けるかな

いざひと息に身をば投げえーい
六根清浄　六根清浄
むかしの泉　むかしの泉、
千年かけて浄めたてまつる

これは『水はみどろの宮』の千年ぎつね、権《ごん》の守《かみ》の唄。このきつねは地の底にもぐって、誰に知られることなく、千年も万年も永遠にすべての命の源である水を浄めつづけている。その祈りの唄を胸に宿した私たちの「じょろり」の旅は、熊本地震がきっかけなのでした。

そもそも一九九七年に世に出た『水はみどろの宮』(平凡社)という物語自体が、鳥獣虫魚草木をはじめとするあらゆる生類《しょうるい》から惑える人間たちへと向けられた深い祈りです。二〇年も前にまるで熊本地震を予感していたかのように石牟礼さんが語ったこの命の再生の物語を、祭文語りの三味線で歌い語ろうということになったのは、実を言えば地震の直前のことで、それは新版『水はみどろの宮』(福音館書店)の挿画を担当した山福朱実さんに誘われてのことで、あくまで物語を歌い語るだけであったはずなのに、なんと物語と同じように恐ろしい地震が現実におきてしまった。そのことに私たちはひどく驚いて、物語に揺さぶられて、突き動かされて、千年ぎつねの心になって、東京から熊本まで、歌いながら語りながら祈りながらの旅をすることとなりました。

しかし、声というのは不思議なもの。旅の途中、足を止めては歌い語る、祈りの声を発する、するとそこに人の集う「場」が生まれる、人々も共に祈りはじめる。

祈りというのもまた不思議なものです。熊本に向けて祈る私たちが、祈ることによってむしろ救われているように感じられる。いまここでこうして熊本の人びとの命のために必死に祈る私たちの命のために、私たちの知らぬところで祈る誰かやナニカが確かにいる、次第に切実にそう感じられてくる。見知らぬ命たちによって、私の命は生かされている、そんな感覚に包まれてゆく。祈る私は『水はみどろの宮』をそのまま生きているかのようなのでした。

石牟礼さんが語りつづけた「じょろり」

ようよう熊本にたどりついて、こんな旅をしてきましたと石牟礼さんを訪ねました。ほおお、祭文語りが『水はみどろの宮』を三味線でねぇ、聴いてみたい、そう石牟礼さんは言い、さらに、自分も三味線を弾いて物語する人になりたかった、と、そんなことも話しました。

確かに石牟礼さんは『苦海浄土』文庫版あとがきにこう書いている。「白状すればこの作品は、誰よりも自分自身に語り聞かせる、浄瑠璃のごときもの、である」。

思い起こせば、『西南役伝説』で石牟礼さんは「浄瑠璃」を「じょろり」と呼んで、「すんなら、じょろりば語りましょうかい」と六道御前《ろくどうごぜ》という女の旅芸人にその生涯を語らせてもいる。

一方、『水はみどろの宮』の旅をきっかけに、石牟礼作品を次々と歌い語りだした祭文語りは、こう言います。石牟礼さんの書いたものはそのまま三味線の節に乗る、そのまま語りになる、そんな書き物は明治以来このかた石牟礼さんのもののほかはない。私もようやくはっきりわかってきました。石牟礼さん自身が六道御前なのだ、生涯かけて「じょろり」を語りつづけたのだ、「じょろり」で近代に挑みつづけたのだ、と。

いまでは私と祭文語り八太夫と、「旅するカタリ」と名乗って、この世のすべての命への祈りを込めて、「じょろり」の声をあげております。まつろわぬ声を放っております。これがわれらの石牟礼道子追悼であり、われら自身の近代の彼方へと向かう旅なのです。

境界を行き来する魂

田中優子（法政大学総長）

石牟礼道子という「もだえ神」

あるとき、生命と「生体膜」の関係を知った。宇宙は周知のようにビッグバン以後、拡がり続けている。拡大しながら崩壊、つまり死に向かっている。その超スピードの死への道程が始まってから百億年後、地球という星に「生体膜」というものが出現した。生体膜とは外部と内部の境界であり区切りであった。生体膜は、生命が外部に溶解混入してしまわないように、懸命に薄い膜によって己を形作り、死と崩壊に向かいながら全力を尽くして薄膜を作っては、「かたち」になろうとする。生命とは、それほど壊れやすく、切実な存在なのである。

その後私は、石牟礼道子の文章を読むたびにこの生体膜を思い出すようになった。石牟礼道子という生命は常にあやうい。なぜなら膜を破り膜の外に出て他の生命体と合体しそうに思えるからだ。『椿の海の記』では、「いのちが通うということは、相手が草木や魚やけものならば、いつでもありうる」と書く。実際、幼いころの日々は草木や魚やけものと過ごす毎日であった。さらに、自らは語ることのできない祖母の「おもかさま」の哀しみを、みっちんは深く感じ取り、涙を流す。おもかさまが自分か、自分がおもかさまか、ときどきわからなくなる。眼の前に来た者の内部に入って、成り代わることができる、とも書いている。

これは「もだえ神」の性質でもある。「もだえてなりともかせ（加勢）せんば」と言うもだえ神のことを、石牟礼道子はしばしば語ってきた。何もできないけれど力になりたい、という強い気持ちのことだ。それは魂の深さでもあった。この「もだえ神」の魂を、石牟礼道子自身が持っていた。

境界を超えて

ところで生体膜の仕組みは、脳のニューロンの細胞膜にも継承されている。ニューロンの中にはミラーニューロンというものがある。皮膚感覚に損傷がある人は、ある人が別の人の手に触れているのを見て、自分自身も触覚を感じる。これは、皮膚（つまり生体膜の一種）だけが自他を区別しているからだ。人間とは、自他を区別する感覚を発達させなければ、相互に溶解し合ってしまうものだということがわかる。共感こそが本来の人間のありようであり、それは溶解の危険をもつほど、強いものなのだ。私たちは生物としては皮膚で、精神においては自我意識で、かろうじて自分というものを作り出している。そこで、どちらに価値を置くかが時代によって変わる。近代は自己意識で自分を守ることに価値が大きく傾き、それができる者が知識人とされた。しかし江戸時代、本来の日本人とはどういう人間だったのかを問うた国学者たちは、そこに「直《なお》き人間」というものを発見する。「もの」に心が触れて自然に歌となる。自分自身が眼の前の一本の松の木に成り、そこから句を詠んだ。石牟礼道子の世界では、そちらに価値を置く。

生体膜は境界である。しかし境界は社会にもある。いや、社会は境界を作り出す。病者を健常者から分け、性や屍や動物に関わる仕事を蔑視する。石牟礼道子はその境界をやすやすと超える。「淫売」「隠亡《おんぼう》」「非人《かんじん》」そして精神を病んでいる「おもかさま」は、海辺や川や山の生き物たちと世界がつながっており、その両方を「もだえ神」である道子は行き来する。現代と過去も行き来する。石牟礼道子の作品は、非常にはっきりした構造をもっているのだ。

人々にとっての常なる生活圏と、そこから排除された者たちの世界。自然界に支えられている生活圏と、巨大組織の利益を含む生活圏。そして排除された者たちの世界は、自然界の生き物たちに深くつながっている。

石牟礼道子はとうとう、生体膜が消えて自然と宇宙に合体した。それはとても自然でめでたく、同時に哀しい。私は今、作品世界の構造を明らかにすることで、石牟礼道子がどこを移動し続けたか見たいと思っている。

今、石牟礼さんの気配は充ちている

最首 悟
(社会学者)

七六年に私の四番目の子ども、三女の星子が生まれて、ダウン症でした。その年に石牟礼さんが上京されて、「不知火の海を見てください」と言われたんです。それで行くことになって、一〇年たったところで星子が、現在も同じ状態ですが、多重化学物質超微量体内複合汚染症と言うべき状態になりました。胎児性水俣病の広がりの中と位置づけたいです。環境ホルモンからダイオキシン、ベトナムの子どもたち、放射性物質も含めて、やはり大きくは、水俣病は世界が病む病であり、そして天も病んでしまった病、その中の一員に星子がいるわけです。

私は水俣に行くようになって、石牟礼さんの一人の秘義と言うべきような覚悟、畏怖すべき覚悟というのに触れたような気がして、現在ここに、ここまで来ているわけです。それは、言葉を焚く。足らなかったら自分を焚くということ。そして水俣病を書くことによって名前が出てしまった、それを荊冠《けいかん》として被り自分はやっていく。花輪として、自分が逝くときの印にしたい。そして「自分は気配たちの一員になりたいのだ」ということなんですね。自分の家系は狂気である、自分も狂気の持続ということで救われているのだ。その気配というのに私たち、星子、その母親も包まれて、包まれていくと。本当に言葉は石牟礼さんにとってはいのちそのものですけれども、プラトンの正義の人、自分も、周りにも、世間も、誰一人正義の人とは知らない、ということをもって正義の人というのだということをめぐって、石牟礼さんは自分の名前を消したい、気配となりたいと願った。そしてここにも石牟礼さんの気配は今充ちているのです。どうもありがとうございました。

身体を潜り抜けた世界を再構築した作家

鎌田 慧
（ルポライター）

水俣について、私はほとんど書いていません。ただ、石牟礼さんが亡くなったあと、コメントとか追悼文など幾つか依頼されました。最初にお会いしたのは六九年、週刊誌の取材でした。六八年に水俣病が公害病に認定され、六九年に『苦海浄土』が発行されていたので、それでインタビュー記事の取材で伺ったんですけど、ご本人には断られました。

失礼ながら、ちょうど水俣の建売住宅みたいなところに住んでおられて、かっぽう着で出てこられて、「今日は近所の寄り合いがあって、それに行かなきゃいけない」と、共同体の義理みたいな感じでおっしゃいました。それで「私のことを書くんだったら、松永久美子さんのことを書いてください」と言われました。松永久美子はまだ十代の水俣病患者で、ずっと眠りつづけていて、まつ毛のとても美しい少女で、桑原史成さんの写真で有名です。石牟礼さんに紹介されて行って、親御さんのお話をきいて書いた記憶があります。

その後、石牟礼さんは第一回大宅壮一賞を受賞されましたけど、自分がそういう賞を受けることはできないと、辞退されていますね。とにかく患者さんを差しおいて、自分がなにかもらうことはあり得ないし、患者さんを差しおいて自分が取材を受けることはない、と。そういう矜持だったと思います。

そのときに、湯堂の部落に初めて下りていったんです。それは道の下にちいさな、壺みたいな感じに、ちいさな入江が見えて、海のとても美しいところでした。急な坂を下りていって、紹介してもらった訴訟派会長の渡辺さんという人にお会いして、それもちょっと取材して書いたんですけど。さっき田口さんもおっしゃっていたように、水俣は自分を問われるようで、怖くて、生半可な覚悟では取材や書くことはなかなかできない。

私もいろんな公害や民衆運動を書いていますが、石牟礼さんという方は、彼女は、民衆の被害や民衆の運動をぼくらが書いているのとはちがう言語で書かれているんですね。石牟礼道子の文章は、ぼくらが絶対書けない文章です。東京の言葉、極めて近代的な、学校教育で教わった言葉では捉えられない現実があって、ぼくらはそれで平気で書いているわけですけれども、石牟礼さんは独自な表現というか、御自分でつくられた言葉でないと捉えられないような現実を書いたのです。

たとえば『苦海浄土』に、「私の死者たちは、終わらない死へ向けてどんどん老いていく。そして木の葉とともに舞い落ちてくる。それは全部私のものである」と書かれています。「死者は私のものである」という表現は、石牟礼道子にしかできない。今までも物書きはいっぱいいるのですけれども、運動を書く物書き、運動者と表現者との微妙なあわいのなかからということでは、もう石牟礼道子を超えるひとは出てこない、と思います。

もう一つ。これは私にすごく影響を与えたんですけど、「みしみしと、無数の泡のように、渚の虫や貝たちの目覚める音が重なり合って広がっていく。それは海が遠くて、満ち返してくる気配でもある。優しい朝、鶏が鳴く」（『苦海浄土』）という、ずっとクローズアップで渚に棲息する虫のつぶやきまで描き、パッと転換するんですよね。別の場面では、蜆《しじみ》の目玉のまつ毛の描写（『椿の海の記』）があったりなんかして、そういう、もう微細なものもなんでも見えているんですね。そのぐらい凝視しなければ捉えられない現実があって。

今日は東日本大震災が起きた三月一一日でして、午後一時に東電本社前に行って「再稼働やめろ」と叫んできました。それから、今日の夜八時に投票が終わるんですけど、石垣島の市長選挙で、ミサイル基地賛成派と反対派のどちらが勝つかわからない。そういう現実世界で生活し、抗い、生き死にしている人たちと、たとえば福島原発の放射能に追放され、故郷にもどれない人たち、その海岸線の渚の境界線、海と陸との間のところにいろんな虫とか、魚の卵とか、いろんな生きものがあったんですけど、それも全部放射能に汚染され、流されていったのです。それがどこに行ったのか、そういう視点を持てるようになったのは、石牟礼道子さんの文学があってようやく見えてきた世界なんですね。

これまでの運動の記録は、運動的なことしか書いてこなかった。石牟礼さんの『苦海浄土』の最初の方は、医学カルテの記載もあったりして、ルポルタージュ風に、事実を下敷きにした描写も結構ありますけど、あとはずっとご自分の身体のなかを潜り抜けた世界を再構築しています。ですから、湯堂のあのちいさな、とても美しい深い入り江、その世界がどんどん身体の中に入っているんですよね。

石牟礼さんの家から猫の子を水俣の漁師たちにあげると、その猫は逆立ちして鼻が潰れているという描写があります。それは有機水銀の毒で苦しんで、猫がもがき苦しんでいるわけですけど、その話を読んで、あの坂を下りて部落に入っていく。『不思議の国のアリス』のウサギみたいな感情で降りて行くと、そこにひとつの世界が広がっている。それを捉えた文章によってもう一度世界が再構築されている。こういう作家と出会えたことは、私はとても貴重に思っています。

石牟礼さんとは、厚生省の前に座り込んでいたりとか、いろんなところでお会いしました。神田駿河台下の筑摩書房の二階の編集室に座っていると、その木造の古い建物は、昔お医者さんだったんですけど、二階の編集部の後ろがすぐ階段で、ちょっと振り向くと石牟礼さんの顔がだんだん階段の下から上がってくるとか、そういうこともありました。

最後にお会いしたのは、熊本市のお宅での、『週刊金曜日』のインタビューでした。もう病気がはじまっていて、水俣湾の先端の、「大廻《うまわ》りの塘《とも》」に埋められた、大量の水銀のことを心配されていました。いつか決壊するのではないかと。ありがとうございました。

石牟礼作品を世界に

――ブルース・アレン

(清泉女子大学教授／翻訳家)

その声と想像力に導かれて

私たちの先生であり、友人であった石牟礼道子さん、私たちにインスピレーションを与え続けてくださった石牟礼さんが亡くなられました。私はこの喪失を皆さまと分かち合いたいと思います。悲しくはありますが、幸いにも、石牟礼道子さんの理念と精神的遺産を受け継げたいと思っている方々がたくさんいらっしゃいます。この事実は私に喜びと希望をもたらします。同時に、それは私たちに多くの仕事があることを思い出させます。敢えて言うならば、石牟礼道子さんの仕事を担う特権と責任が私たちにはあります。

石牟礼さんの作品は時を超えて繋がっているので、過去、現在、未来をいつも指し示して来ました。過去を思い出し、現在と未来を育てるため、彼女の仕事を伝え続けて行くため、私は皆様と一緒に働くことを望みます。

私は約二五年前ハワイで開催された学会で初めて石牟礼さんに出会い、彼女が新作『天湖』を読まれるのを聞きました。私は彼女の声と想像力に深く感動しました。当時、私はこの作品を翻訳するように求められるとは夢にも思っていませんでした。しかし、それは私の運命になり、学会より『天湖』を英語に翻訳するように依頼されました。そしてこの最初の出会いのお蔭で、私は石牟礼さんとの長い付き合いを始め、文学の翻訳家としての道を切り開きました。

石牟礼さんの「喜び」の記憶

石牟礼さんの作品と人生について言うなら、私は彼女の「喜び」を一番に思い出します。私は言葉や物語に表される彼女の喜びを覚えています。それは言霊、言葉の精神です。人々の中にある喜び、人生の喜び、そして自然、共同体、躍り、祭り、歌、方言に表わされている石牟礼さんの喜びを覚えています。文学は道徳的な責任と方向性を持っているという彼女の強い信念を覚えています。しばしば石牟礼さんが言うように、文学の力は「ごく些細な」ものです。でも、他の多くの人と分かち合うことで、この些細な力は無限に増やされ、最終的にはその力は、彼女が映画『花の億土へ』でとても美しく描写した「花あかり」となり、光を放ちます。

現在、石牟礼さんの傑作『春の城』という小説を翻訳しております。これまで私はこの作業にほぼ四年かけました。完了するまでにあと数年かかるかもしれません。石牟礼さんが亡くなる前に私の翻訳を彼女に〝プレゼント〟したいと思っていました。残念ながら、できませんでした。しかし、彼女は、私に、必要ならいくらでも時間をかけるようにと親切に薦めてくれました。

石牟礼作品を世界に

石牟礼さんの精神を分かち合う人々とコミュニティとして働き続けることが、私の希望です。まず、私たちの仕事は、日本や他の国々でもっと多くの人々が彼女の作品を読むように勧めることです。私はよく石牟礼さんと彼女の作品について知っているかとまわりの人に聞きますが、残念ながら知っている人はごくわずかです。日本文学者の間でさえ、石牟礼さんの作品は未知のままです。私は彼女の作品をより多くの読者に紹介することから始めるべきだと考えています。そして、たとえ私たちの仕事が時に「些細なこと」に見えても、世界のために働き続けることです。そうすることで、石牟礼さんが私たちに与えてくれた希望を信じることができると私は思います。

わが内海に立つ不知火

今福龍太
（文化人類学者）

石牟礼さんの夢

「鮮烈な夢を見た。私は（おそらく水俣にある）石牟礼道子さんの旧宅を訪ねている。黒瓦のうつくしい門をくぐると石牟礼さんの住居らしき家があるが、雨戸が閉まっていて中に入ることはできない。黒ずんだ長い縁側のある表を回り込んで建物の裏に進むと、そこに大きな中庭状の土間が広がり、先祖の墓らしき石と香炉がある。数人の訪問者が蒸気のように揺らぎながら墓々に祈りを捧げている。私も墓石の前で手を合わせる（なぜかキリシタンの祈りにしなければと思い両手を静かに組んで祈る）。ふと見ると、石牟礼さんの墓前に小さな文机があり、その上に一通の封書が置かれている。表に、少し乱れた調子の筆文字で「今」という字が見え、気になって中の私信らしき一枚の紙をとり出して読んでみる。ここにも「（今）……」などとあり、文面は非常に断片的で、結構が乱れているが、私への手紙（それも亡くなる直前に認められた最期の手紙）であるように読める。死の前にたくさんの知人・友人たちに言葉を残そうとした石牟礼さんの、もはや遠漂浪《とおざれ》きの旅に半ば出立したような、この世のものとも思われぬことばの連なりに心打たれる。すでに手紙を宛てられた人々はすべてここでそれらの手紙を受けとったのであろう。私への手紙だけが、誰にも持ち去られることなく、この文机の上にずっと置かれて、私の訪問を待っていたのだ、と考え、深い瞑想のなかに落ち込んだ……」（二〇一八年五月二五日早朝記）。

遠漂浪くことば

亡くなられてから百日ほどが経った、ある早暁の夢である。おどろくほど輪郭がきわだつ絵柄だった。訪ねたことのない町の、お会いしたこともない存在の気配が、濃密にたちあがる気配があった。不知火《しらぬひ》の幻が私の意識の内海にゆらめき立つような夢だった。なぜこのような夢を？　深層心理に細かく訊ねなくとも、思いあたることはいくつもある。悲劇的出来事の因果の苛烈さと、それを神託にまで高めようと一心に書く巫女めいたことばの佇まいに震撼し、長いあいだその畏れから、水俣を巡礼することを回避してきた私のなかの淡い悔恨。聖地を遠巻きに眺めるように、天草や島原をめぐりながら、天草・下浦石工《しもうらいしく》の家系の手技のなかに生きつづけた智慧の源泉を本渡《ほんど》あたりの苔むした石橋の鑿《のみ》跡に見定めようとしていた、わが彷徨《さまよ》いの旅の日々。やがて縁あって手紙による交わりがはじまり、文《ふみ》の往還を重ねるうちに、不意に近づいてきたそのマブリ（魂）の温かさ。季節になると送られてきた小振りの蜜柑のあざやかな橙色《だいだい》。くっきりと黒い墓石の幻影の由来は、年を経た白い砂岩が美しい暗色となったあの下浦石の印象にちがいない。石の傍らには蜜柑が供えてあっただろうか。そしてなによりも、意味をかたちづくるべき言葉の結構をついに超え出てしまった、遠漂浪《とおざれ》く、ことばの不思議な力と優雅さ。文字なる形式の崩壊のなかに兆す、未知の、不生《ふしょう》の声。

両手を組んだ私の脳裏に、ふとメキシコ、プエブラの町のサントドミンゴ教会にあるロサリオ礼拝堂の陶酔的な天井彫刻の影がよぎった。私はそこでも昔、マリアの傍らを去ってゆく別の影の方に向けて祈っていた。聖像を刻みだす無名の職工たちの木彫の鑿の閃きは、なぜか天草の石橋に残る傷跡のようでもあった。褐色の農夫の顔をした天使たちの彼方の中空に、石牟礼さんの手紙の文字が微塵となって千々にくだけていく夢の中の夢があった。

石牟礼道子、苦海のほとりから――赤坂憲雄（民俗学者）

宮本常一と石牟礼道子

わたしは石牟礼道子さんについて、幾編かの舌足らずなエッセイを書いている。『石牟礼道子全集』第八巻『おえん遊行』に寄せた解説「聞き書きと私小説のあいだ」(二〇〇五年)などは、いま読み返すと、恥ずかしいほどに揺れており焦点が定まっていない。わたしはいつでも、自分にはとても石牟礼道子論は書けないと思いながら、手探りに挑んでは、腰砕けに終わってきたような気がする。

ところで、その解説文のなかには、「あるいは、石牟礼さんに影響を与えたかとも想像される、宮本常一の『忘れられた日本人』」と、いささか唐突に、宮本の名前が登場してくる場面があった。そのことに気づいて、ほとんど狼狽させられたのだった。すっかり忘れていたからだ。今年になって、石牟礼さんの『西南役伝説』の文庫版に解説を執筆する機会があって、やはり宮本常一とその『忘れられた日本人』に言及している。そのときは、宮本と石牟礼さんを繋げるのははじめてだと、うかつにも思い込んでいた。そこには、『忘れられた日本人』/『西南役伝説』を「聞き書きという方法に根差した傑作」として評価しながら、いずれ、この二つの著作を並べて論じることになる、と見える。

六〇年代・「歴史の踊り場」

じつは、わたしは尻切れとんぼに終わった「戦後知の戯れ」(『コトバ』二五号〜二九号)という連載のなかで、宮本や谷川雁、花田清輝、岡本太郎らが交錯する一九六〇年代の知の風景に光を当てる試みをおこなっていた。『忘れられた日本人』に収められた聞き書きエッセイは、六〇年の安保闘争の前後に『民話』という雑誌に連載されたものだった。『西南役伝説』の「あとがき」に、石牟礼さん自身が「昭和三十七年にとりかかったこの仕事」と書かれているのを眼にして、ある確信を得たのである。谷川雁をあいだにはさんで、宮本常一と石牟礼道子とを繋ぐ線分が浮かびあがってくる、と。

いまはまだ、たんなる憶説の域に留まる。しかし、この列島社会が高度経済成長期に突入してゆく六〇年代の知の状況に眼を凝らしていると、われわれの現在を構成するさまざまな問いの総体が、どうやらその時期に萌芽ないし起源をもつらしいことが見えてくる。関東大震災とともに、大正期は歴史の踊り場の時代となった（鷲田清一編著『大正＝歴史の踊り場とは何か』）。それになぞらえれば、一九六〇年代はもうひとつの踊り場の時代であったかもしれない。まさにその六〇年代に、石牟礼さんは生まれ合わせている。若き日の石牟礼さんが、宮本常一や谷川雁らとの同時代者であったことを記憶に留めておくことにしよう。そうして、石牟礼さんはほかならぬ水俣病との対峙を通じて、みずからの思想や文学を鍛えあげていったのである。

おそらく、われわれがいま生きつつある二〇一〇年代もまた、後世からは踊り場の時代として回想されることになるはずだ。東日本大震災と東京電力福島第一原発の爆発事故によって、われわれの社会には巨大な亀裂と変容がもたらされた。その全体像どころか、次々に到来する現象のかけらに翻弄されているばかりで、いまは、そこで何が起こっているのかなど、まるでわからない。

そのなかで、石牟礼さんの『苦海浄土』が、いわば黙示録的な意味合いをもって再発見されようとしている。けっして偶然ではない。それはきっと、半世紀という歳月をかけて、ようやくにして時代を総体として背負うような文学世界へと成熟を遂げてきた。読者にもまた、成熟が求められたことは言うまでもない。水俣的な世界が学問の言葉によってではなく、詩によってもっとも深く、もっとも色彩鮮やかに描かれえたことをこそ、真っすぐに凝視しなければならない。もうひとつの苦海はいまだ、その存在すら気づかれていない。

言葉の原郷

町田 康（作家）

平成二十九年一〇月一八日、高円寺で開かれた「石牟礼道子と出逢う」というイベントに出演、石牟礼さんの小説や詩、新作能などから抜粋した文章、また俳句などを読んだ。

石牟礼さんの文章を声に出して読むのは初めてで、どんな感じになるか予測がつかなかったが、リハーサルが始まってすぐにこれが尋常ではない、異様の文章であることがわかった。

わかったばかりではなく、演者として殊更、声に感情を込めようとしたり、抑揚をつけようとしなくとも、ただ読むだけで自然に気が高ぶり、抑揚がつき、思わず知らず涙が零《こぼ》れそうになることも屢屢《しばしば》だった。

なんでそんなことになるかというと。

と本来ならば説明しなければならないのだけれども、はっきり言ってわからない。

推測するに、一連の文章が指示し、明らかにする範囲とはまた別の、音として響くなにかがそこに働いている、ということではないか、とは思う。

しかしそういうことは、定型的な、器として定まった容れ物があれば、或いはあるのかも知れない。そうすると声調、語調が勝手にその器に随っていき、シンクロしていって、そんな文章が生まれる。けれども石牟礼さんの文章は、明確な形の器に収まっている感じもなく、とても不思議なことだった。

とはいうものの。そもそも私たちの言葉にはそんな響きや抑揚があったはず。でもこの百何十年間、私たちはその響きや抑揚を自ら積極的に破壊し、切り崩して地均《じなら》しし、別のものを移植しようとしてきたように思う。

その試みはかなり成功して、いまやその別のものは鬱蒼とした森林となって、数千年も前からそんな景色だった、みたいになっている。だが。その移植された森は、そもそものあったものを無視して始まっているのでどこかしらよそよそしく、そこで森林浴のようなことはしても、心からうち寛《くつろ》ぐことはなく、死んで魂となった後はそこには居づらいと感じている。

しかしそのことを口に出して言う者はないし、そう感じていることすら自分では気が付いていない。たまに口にする者があったとしても「あいつはｇａｔ＠ｅだ」と言ってなかったことにしてきた。

ということで私たちの言葉は、その原郷とはまったく別の景色を得て、めでたく盛り上がって、みんなで「よかったなあ」とか言いながら楽しくやっていたのだが、それで終わらなかったのは右に申し上げたように石牟礼さんが、石牟礼さんただ一人が、その響きや抑揚を現代に蘇らせ、幻であった森や湖や海底の宮を、確かに言葉で復元してしまったからである。

なぜそんなことができたのか。それは石牟礼さんにもおそらくわからなかったのではないだろうか。なにかに同調してしまい、特にチューニングしなくてもその音色を自ら奏でてしまうようになれば、そこに自他の別なく、どんな音色も自分の言葉として奏でることができる。というか奏でてしまう。それを美しいと感じるか、哀しいと感じるかは読む者次第。その種をとってさらに移植して水を遣り育てようとする者もあるかもしれないが無理だろう。比喩的にではなく、龍神と会話する覚悟がないと類似のことすらできはしない。

その石牟礼さんが平成三十年二月一〇日、ついに此の世を去った。石牟礼さんは此の世の美しさも知っていたのだと思う。美しいということは同時に騒がしいということ。どうぞなにもなくて静かでありますように。

石牟礼道子とは誰だったのか?

赤坂真理(作家)

『苦海浄土』に感じた光

石牟礼道子さんが亡くなったという報を、二月一〇日の起き抜けに聞いた時、これでいよいよ、石牟礼文学を新しい読者につないでいくしかなくなった、と思った。結果として言えば、わたしは石牟礼さんの最晩年にあたる二年くらいに、つきあっていただいた人間ということになる。

藤原書店の『苦海浄土　全三部』刊行の際に、なぜだか、ぜひ解説をと請われ、それまで一度も読んだことのない身で、石牟礼さんが水俣病という全く未知の現実に飛び込んでいった勇気を借りて、書いた。それをなぜだか、著者ご本人に気に入っていただけたのが縁だった。そして、不思議にかわいがっていただいたような感触がわたしの中にある。それは厚い『苦海浄土』をいつも「今日はここまで」と閉じ、目を閉じるとき、わたしが感じた光のような、不思議な感触の記憶だ。

石牟礼道子文学や『苦海浄土』の話を人にするとき、ほとんどの人が、それを重い本、苦しい本と思って、ゆえに敬遠していることを知って驚く。いや、驚かない、わたしがそうだったから。本当に驚くのは、びっくりするほど多くの人の心の中に「石牟礼道子」という存在が意識されていることだ。

わたしは不思議と、『苦海浄土』も石牟礼文学も、暗いとも重いとも感じなかった。何が書いてあったにせよ、「今日はここまで」とページを閉じて目を閉じたときに、わたしに残っているのは、光だったのだ。

「光を感じたのはあなただけ」という謎のおほめをいただき、恐縮する以上に、この謎は、謎のまま、わたしの一生を動かすかもしれないと思った。そして、謎が謎のまま人を駆動するというようなことがあって、よいとおもう。現代社会はすぐ答えを求めるのだけれど。

「あのぅ、それはどういう意味でしょう?」などと、その場できいても、それに対する答えは返ってこなかったろうと思う。石牟礼さんの認識に問題があったのではなく、その抱えた世界が豊かすぎて、一問一答のようなことをもとから、しないし、できない方だった。そのことは、接したことのある多くの人が異口同音に言う。そして、思いもかけないところから、不意に、答えが来たりする。それは、他人からもらった言葉があたかも自分の内側から湧いたように思える瞬間で、そのとき、深い理解が人に起こる。そして石牟礼さんは、そういう効果を狙うわけではなく、あくまで天然のふしぎちゃんとして、そのようなことをしている方だった。みんなが、そのふしぎちゃんぶりを愛し、敬い、そのふしぎから驚くべき豊穣を受け取っていた。

石牟礼文学との「もやい始め」を

もっとお会いしたかった、少なくとも、お会いしたいと言えば、あなたが恋しいと言えばよかった、お手紙を書けばよかった、いやただ、一緒に時間を過ごせればそれだけでよかった、悔恨はそんなふうにやってくるのだが、それよりなにより、繋いでいきたい、とわたしは思った。水俣では、水俣病により分断された人々の絆を結び直すことを「もやい直し」と言った。わたしは「もやい始め」がしたいのだ。そうしなければ、石牟礼文学という豊饒の海の、渚にたつこともない人は、たくさんいるだろうから。

より多くの、読んだことのない人たちに石牟礼文学を読んでほしく、読んだことのある人たちには、出会い直してほしい。

そのときに、「水俣病」という先入観を、はずして見てほしい。そして、水俣病を描いているときにも、苦しさや悲しさだけでなく、いつも光があって、今思うに、それはあの不思議な透んだまなざしの質なのだと思う。それを「慈悲」というのかと、今初めて、思ってみる。

石牟礼文学は、この世界で生きにくいと思っているような人、すべての人のものだ。

石牟礼道子。彼女は、誰だったのだろう？

それは、人間の存在、誰にでもあるその根源を問うことでもある。彼女は、象徴としてわたしたちの前に束の間現前していた。

その謎に動かされたいと、わたしは思っている。

「魂だけになって」——石牟礼道子さんの歌をつぐ——

笠井賢一
（演出家）

石牟礼作品に満ちる芸能の力

石牟礼さんの無垢で心優しい歌声が耳に残っている。

石牟礼さんは唄うのがお好きだし、音感に優れていた。この数年私は二、三カ月に一度は熊本の石牟礼さんをお訪ねしてきた。藤原良雄さん、作曲家の佐藤岳晶さん、この二、三年は赤坂真理さんも一緒のことも多かった。ある時は石牟礼さんが子供の頃欲しかったというピアノの代わりに、療養所でも弾ける電子ピアノや、懐かしいという板三味線を持参し、石牟礼さんと一緒に演奏し、歌った。

石牟礼さんの作品世界は、詩と歌と劇の豊穣さが一体化した芸能の力に満ちている。それは声になり歌になることを待っている。三十年ほど前に『西南役伝説』という作品に出会って以来、その中の『六道御前《ろくどうごぜ》』の上演は念願であった。この天涯孤独の流浪の主人公「おろく」は、芸能に生きる私自身の遠い祖先であり、魂への深い呼びかけを感じ続けていた。新作能『不知火』を初演した二〇〇二年の演出ノートに、「お前のじょるりは夕闇の花吹雪じゃ。魂ば舞わするとなあ」をすでに引用している。昨年『浄瑠璃《じょろり》「不知火」座──石牟礼道子劇場』を立ち上げ、三月一一日の石牟礼さんの卒寿の誕生日に東京で『六道御前』を初演し、四月二四日に水俣、二五日の夜は熊本で公演、その昼に石牟礼さんの療養所で出前公演をした。どうしても石牟礼さんにお見せしたかったのだ。

それを石牟礼さんは『朝日新聞』連載の「魂の辺境から──流浪の唄声」に書いて下さった。「先月、熊本市の療養先に、三味線、尺八をたずさえた一座が見えた。わたしの新作能『不知火』を以前手がけてくださった演出家の笠井賢一さんと、お仲間の方々であった。……『粟もろて、棒竹もろて、石もろて、雨雪もろて暮らすも一生』／笠井さんたちが浄瑠璃にしてくださった

『六道御前《ろくどうごぜ》』のなかで、流浪の芸能者の言葉をそう書いた。……『月に叢雲《むらくも》 花に風……』／近づいてくる琵琶歌は人に聞かせるというより、唄《うた》い手が我が身に語り聞かせる響きがあった。」と書き、その最後には「村の子どもは琵琶弾きどんたちを見ると、『かんじん（勧進。物乞いの意味）、かんじん』と囃《はや》し立てて石を投げることもあった。つぶては『しんけいどん（心を病んだ祖母のおもかさまのこと。筆者注）』にも、助けに入る孫娘のわたしにも飛んできた。そのころから、わたしは自分自身のことも、魂の遠ざれきをする「失《う》したり者（いなくていい者）」の勘定に入れるようになったのである。」と書かれた。

この「月に叢雲、花に風」は娘義太夫になりたかった母親のハルノさんが、いつもここだけを歌っていたと石牟礼さんはいう。これは『石童丸』という、大正時代大流行した永田錦心の琵琶歌の詞章と旋律なのだ。『六道御前』を演じた金子あいさんが石牟礼さんが歌うのを録音、それをもとに佐藤岳晶さんが作曲した。『石童丸』の源流は能や説経節の『刈萱《かるかや》』であり、石牟礼さんの口を通して母ハルノさんの琵琶歌、そしてその前に繋がる「かんじん」――芸能者たちの連綿たる想いが凝縮しているのだ。それを私たちの一座は石牟礼さんから受け取った。

生類への深い祈り

私たちはこれからも石牟礼道子さんの歌を歌いついでいく。

石牟礼さんは魂だけになってしまった。深か深か魂に。遺された深か魂に満たされた作品は、これからも世界レベルでますます重要性を増していくだろう。

生類《しょうるい》が海から陸に上がってきた渚、そして今も人類の傲慢による汚染が色濃く表れる渚。石牟礼作品は危機に瀕した地球の生類への深い祈りとして輝き、滅びの白鳥の歌として、黙示録として立ち現れてくるだろう。『不知火』のシテ 海霊《うなだま》の宮の斎女不知火が世界の汚染を一身に引き受け、自らの死と引き換えに再生への祈りを込めて、美しく海底から渚に登場するように。

地謡　繋がぬ沖の捨小舟《すておぶね》　生死《しょうじ》の苦海果もなし

シテ　夢ならぬうつつの渚に　海底《うなぞこ》より参り候

石牟礼さんのこと――坂本直充（詩人）

苦悩するいのちとの共鳴

私は一九五四年に水俣に生まれ、水俣病事件を生み出した地域社会の中で生きてきました。

石牟礼さんは水俣にあって、文学者であると同時に、現実の患者支援の大いなる実践者でありました。事件を引き起こしたチッソの強い経済的影響下にあった地域社会において、孤立していた患者に対する支援の行動を起こしていかれました。

一九六八年に患者支援の組織として水俣病市民会議が結成されましたが、その結成メンバーに石牟礼さん夫婦も参加されています。夫で中学校の教師をされていた石牟礼弘先生は、被害地域の学校を中心に勤務され、患者支援に生涯関わり続けられました。退職されてから、よく市内の喫茶店でお見掛けすることがありました。道子さんに電話をかけられた折、たまに「ほい、なおみっちゃん」と言って、私に電話を渡され、私が緊張して話をしていると、隣で笑って聞いておられました。気さくでやさしくて、決して表に出ようとされない方でした。患者支援の運動においては、道子さんのよき理解者であり同志であったと思います。

同苦という言葉がありますが、石牟礼道子さんは患者への単なる支援にとどまらず、患者に寄り添い、患者の苦しみをわが苦しみとされていたからこそ、患者の声を聞き書きとしてではなく、苦悩するいのちとの共鳴によって生み出された根源的なメッセージとして表現されたと思います。このように全存在をかけて取り組まれた水俣病事件の文学的表現は、水俣に住む私たち一人ひとりに対して、その人間としての存在の意味を問うものとなっていました。

私が『苦海浄土』を最初に読んだのは大学生の時でした。あなたはどう生きるのですか。あなたは水俣病事件とどう向き合うのですか。心がひりひりと痛みました。読み進むのに時間がかかりました。他の本とは違って、常に現実の水俣病事件を心に想起させ続ける問いかけの書でありました。私自身、問いかけられた者として、詩というものによって水俣を表現したいと思うようになったのです。

石牟礼さんの歩いた大いなる道

石牟礼さんといつ初めてお会いしたかは定かに覚えておりませんが、三十数年前だったと思います。私は一九八〇年に二十五歳で水俣市役所に入りましたが、水俣病のことが知りたくて水俣病センター相思社等に行き、さまざまな方に話を聞きにいった折にお会いしたと思います。市役所にも、『苦海浄土』に「水俣市役所衛生課吏員、蓬氏」として描かれた方や、水俣病市民会議の事務局長をされていた松本勉さんをはじめ、石牟礼さんと交流のある方々がまだ在職されていましたので、いろいろとお話を聞くことができました。

石牟礼さんは『苦海浄土』の中の杢太郎少年をはじめ、胎児性水俣病患者の行く末をいつも心にかけておられました。古くからの友人である語り部の杉本栄子さんが理事長を務められた「ほっとはうす」という胎児性水俣病患者の方が通う施設を訪れたり、自分が行けないときには夫の弘先生にメッセージを託したりしながら、交流を続けておられました。

また、その著書や支援運動によって、多くの青年や学者をはじめ、さまざまな分野の人々が水俣病事件と出会う契機をつくられましたが、それは石牟礼さんでなければ担うことのできないことであったと思います。

最後に、私の詩集『光り海』を出すにあたり、前文を寄せて頂いたことは本当に感謝しています。二年半ほど前にお伺いして、水俣の古い地図を見ながら水俣のことを語り合い、楽しいひとときを持たせてもらいました。足がお悪いのに部屋の外までお見送りいただき、そのやさしさが心にしみました。

もう石牟礼さんはいないのです。大きな存在を失いました。

石牟礼さんの歩いた道は、誰も歩いたことのない大いなるものであったと感じています。

魂のふれあいと手料理の味

米良美一（歌手）

石牟礼道子先生を偲んだ催しで

「石牟礼道子と出逢う」。今は亡き巨星を偲んで二〇一八年の七月一三日、このタイトルを掲げた催しが、しめやかに執り行われました。生前石牟礼道子先生とご親交を結んでおられた各界の先生方や、数多くの作品を愛読なさってこられた皆さんの一堂に会された追悼のとき。舞台の上では美しい日本語で綴られた〝石牟礼文学〟の世界が、確かな技をもつ表現者の語りや朗読によって、次々と丁寧に表現されていきました。

そしてその傍らには、そっと寄り添うように妙なる音の調べもありました。お一人ずつ、ゲストの方が話される石牟礼先生への思慕の念やお別れの言の葉たち……。私は静かな心持ちでそれらにそっと耳を傾けながら、在りし日に見せていただいた先生の柔かなお顔の表情や、優しいお声の色を思い起こしていました。

それから私も、数曲の歌を献上させていただいたのです。代表曲『もののけ姫』や、美輪明宏さんの名曲『ヨイトマケの唄』。そして石牟礼先生の詩に、作曲家の佐藤岳晶さんが曲をつけられた新作も、この日初めて、公に披露されました。『石牟礼道子全集　不知火』より「黒髪」、そして『完本　春の城』から「アニマの鳥」という、実に美しい二曲の芸術的な歌曲です。崇高な詩文の世界を見事に表現された石牟礼先生の作品。そこに決して邪魔をすることなく、流麗な音と和声で奥行きを加味された佐藤さんのセンスと手腕にも、脱帽です。私は感謝と祈りをこめて歌わせていただきました。

天国的な温かいふれあい

石牟礼道子先生と私のご縁は、藤原書店の社長様より賜りました。二〇一〇年一〇月一三日、藤原良雄社長とご一緒に、熊本市内にあった石牟礼先生のお住まいを訪ねました。

病院の二階に居を構えておられた先生の晩年は、パーキンソン病を抱えられての闘病の毎日。大変に、ご苦労がおありだったことでしょう。しかしそんなことなど露程もお顔には出されないで、訪れた私たちを温かく、ご自宅へ迎え入れてくださいました。

そのときに見た石牟礼先生のお顔の、なんと神々しかったこと！　美しく、澄んだ微笑みを浮べられた表情は、まるでけがれなき童女のようでした。

実は、この訪問には大切な目的がありました。それは先生と私による、対談です。〝お二人の対話を一冊の本にしたい〟との藤原社長のご提案から、素晴らしい機会を設けてくださったのです。九州のお国ことばを流暢に話される石牟礼先生のお姿は、私の胸をひたすら温めました。それはきっと、今は亡き祖母の懐しい姿と、石牟礼先生のお優しい雰囲気とを重ねて見ていたからでしょう。先生と私の歳の差は四十とうん歳ですが、魂の触れ合うやりとりにはなんの障壁にもなりませんでした。

この対談（『母』）のなかでは、それぞれの故郷の地に伝わる風習や食文化についても語られました。石牟礼先生の故郷は熊本県の天草で、私は宮崎県西都市、古墳群のある処です。ともに同じ九州の人間ですが、生まれ育った地域も違えば過してきた時代の匂いも、色も異なります。けれども、先生とたくさんの言葉を交わすうちに、二人のノスタルジーには共鳴し合うものが多くあることを感じました。

例えばその昔に、石牟礼先生のご実家は石屋さんをされていたそうですが、私の母方の祖父もまた、石屋を生業としていたようです。そういう似たような背景に私は喜びを感じて、先生との会話に夢中になりました。

こうした思い出とともに、今もなお脳裏にやきついてはなれないのが、石牟礼先生お手製の料理の味。それはただ一度きりの機会でしたが、素材の風味が生かされた味付けは誠に絶品!!それはまるで、石牟礼道子先生が記された文学作品のように、大変に素晴らしいものでした。

石牟礼道子さんに共感したこと

宇梶静江
（詩人・古布絵作家）

石牟礼道子さんの映画と著書から

手渡された一枚のパンフレットを携えて、二〇一七年一〇月一八日に行われた石牟礼道子さんの映画と朗読が行われる会場へ赴きました。石牟礼道子さんのお名前だけは知っていました。映像を通して彼女と出逢い、あらためて彼女が歩んでこられた大変な道のりを知りました。

その後、石牟礼道子さんの著書を通して、水俣病の実態を知ることになりました。チッソと国家は、状況を把握していながら国民に知らせず、猛毒の有機水銀を垂れ流し続けていた。有機水銀が海を汚染し、魚類や海草を汚染し、その魚を食べた人々、猫や鳥などが狂い死に、あるいは世にも恐ろしい病気をもたらす。他人事ではないと石牟礼道子さんは察知されたと思います。

世の中の、犠牲をともなうような発展は進歩とはいえないのではないか。石牟礼道子さんは、そう言っているのだと理解しつつ、彼女の言葉をたどっています。

総《すべ》ての生命を育む母なる海へ、平気で猛毒を流す会社の罪深さは許されるものではありません。石牟礼さんは自らチッソに対峙し、水俣病の患者たちの苦しみ悲しみと彼女自身が一体となって慰め癒し、寄り添い続けながらも、昔からの共同体が崩れていくさまを感じ取り、人々の人情が薄れていくのを嘆くのでした。詩を詠み、小説を書き、能を創作する、ロマンを秘めた文化人である彼女が、無慈悲に罪のない人を苦しめてさらに懺悔もしないというチッソや国の理不尽を許さず、仲間とともにデモに参加し訴えるそのエネルギーに対して私は感心するのです。

森羅万象に感謝

私自身は北海道出身で、アイヌ民族の末裔です。私たちアイヌは、かつて明治政府が下した悪法によって土地を奪われ、迫害され、差別、格差によって今も苦しみ続けています。

私たちアイヌは、すべてを育む水の神を崇め、あらゆる感謝の始めに、「ワッカウシカムイ（水の神様）」と呼びかけます。「水を司る神様よ有難う／大地を温めてくださりあらゆる植物を生み育てて下さる太陽神よ／アベフチカムイ（火の神様）よ／あらゆる物に酸素を下さるレラカムイ（風の神様）よ／モシリコルカムイ（大地の神様）よ」とすべての森羅万象に宿る神に対して感謝し祈ります。この祈るという行為はいつもアイヌの心に備わっています。

私たちアイヌは、国籍は日本人ですが、独自の文化を持っていることは間違いありません。アイヌに対し和人といわれる日本人の概念や文化と全てが違っているわけではないにしても、命を育む水を汚したり、自然を傷めたりする行為は、神を冒瀆する、と強く戒める習わしをアイヌは持っています。多くの和人・日本人も人間として大切なモラルはお持ちのはずですが、進歩・発展・発明・前進という、言葉の上では非常にすばらしいうたい文句の傍ら、人々に被害を与えることの多さは何というべきでありましょう。

石牟礼道子さんも自然を愛し、自然のすばらしさをたたえられています。私たちアイヌもまた、自然が全て神様で父母であると感謝しています。ながい冬が終わり、まだ雪がまばらに残っているなかに、いち早く蕗《ふき》の薹《とう》や行者ネギ花、福寿草が顔を出すこと、冬から初春に吹く風がなが患いしている者の死の予感をもたらすこと、文化は違えども石牟礼道子さまがおっしゃる人情の機微なども、アイヌ民族とも共通し共感することが多いと感じます。

石牟礼さんは水俣病という恐ろしい病をもたらした有機水銀だけでなく、毒物の蔓延を危惧され、この先々人々の健康を害するであろう食品添加物の数々を憂い予告されています。彼女自身が、難病に苦しんでおられたことも、あの映像を通して知りました。石牟礼さんが著書の中でおっしゃっているように、人類が体験したことのない毒、あらゆる毒物について調べてほしい。そして自然の海や山や野に咲く花々によって人はいかに癒されているかをあらためて考えてほしい。

石牟礼さんは、今年の二月一〇日、今なお苦しまれている水俣病患者さん方に対する深い思い、愛を持ちながら旅立たれたとうかがいました。ご冥福をお祈りいたします。有難うございます。

石牟礼文学を舞台で表現すること――佐々木愛（女優）

石牟礼作品を朗読するまで

文化座の活動に欠かせない作家の水上勉先生から〝石牟礼道子さんだよ〟とご紹介を受け、あまりに突然で目を見開いてしまった日のことは、鮮明に覚えております。その上、その石牟礼さんから〝熊本で舞台を拝見していました〟と、お言葉をかけられて、私はこの偉大な作家と私の見えない接点に驚いたものです。

そして、すぐに思い当りました。

あっ、原田正純先生だ！と。

原田先生は、水俣病の患者に当初から寄り添って、会社寄りの医師団とは見解を異にする態度を通された医師でしたが、私達の劇団を呼んで下さった熊本労演（当時）の熱心な会員さんでもあり、私は終演後楽しい酒宴にお招きを受けたこともありました。

一九八六年一一月、水上先生の故郷、福井県若洲一滴文庫「くるまいす劇場」での竹人形文楽「曽根崎心中」の公演中のことでした。石牟礼道子さんはおつきの方と共に、先生の住居の大きな囲炉裏に静かに座していらっしゃいました。その日、石牟礼さんは私が朗読を受け持ったこの公演をご覧になり、後日、私が水上先生と共にコツコツ続けていた「ひとり芝居、越後つついし親不知」の公演パンフレットにこの日の模様を書いて下さったのです。

ですから藤原書店から石牟礼道子作品の朗読を……とお誘いを受けた時、恐ろしいことではありましたが、何か水の流れに従うように素直にお受けしてしまったのも、この日があってのことだと思われてなりません。その後、朗読の機会は何度かありましたが、私はその都度、石牟礼道子という作家の壮大な構想力に目を廻し、毎回息を切らせて、その表現を追い求めました。私の朗読が何とか及第点をいただき、また次の機会を与えていただけたのは、金大偉さんの演出と映像・演奏、そして原郷界山さんの素晴らしい尺八演奏に多いに助けられてのことだと思います。

ここ二、三年前から藤原良雄社長に〝愛さん、石牟礼道子さんを舞台で演りませんか？〟と、お声をかけられておりましたが、私の非力を考えますと、とても現実的には受け止められませんでした。けれど、文明の進歩が行き過ぎてしまったと言うのでしょうか、人間ひとりひとりの生活が蔑ろにされることが目につく昨今、美しい日本の四季さえ保障されなくなってしまった不安を目の当りにしますと、私も息のあるうちに何かしなくては……と、思うに至ったのです。

水俣でつながるご縁

今年（二〇一八年）の四月、旅の途中で劇団員と共に初めて水俣の町を訪ねてみましたが、春のこの地は予想していた以上に美しく、『苦海浄土』に描かれている海も山も、きっと昔と変わらぬ風景で私達を迎えてくれているのだろうと思われました。

今は亡き方々の思い出の地を訪れると、作品の文章が自然に浮かび上がり、案内して下さる方々の語り口とあいまって、まるでその方達がそこに生きておられるような錯覚におちいりました。

この水俣で、私はまたいくつもの不思議に出逢いました。

海を臨んで沢山のお地蔵さまの立つ公園で、私は偶然にも、一滴文庫のあの日、石牟礼道子さんに同行していた青年と再会したのです。彼は今、「本願の会」の事務局長として、石牟礼さんの思想を継承していらっしゃるということでした。

そしてこの日ご案内いただいた、福祉関係で働かれる加藤タケ子さんは、お話をするうち、文化座後援会の理事、日浦美智江先生を理想とし、胎児性患者の終いの施設「おるげ・のあ」は、日浦先生が創られた横浜の「朋」がモデルだということも聞かされました。その上驚いたことに「おるげ・のあ」とは、長年水俣病患者を支援し続けた画家若槻菊枝さんのお店「ノアノア」からとったものということも。なんと今は亡き若槻菊枝さんの夫、登美雄さんは、我が文化座のOB、今や劇団サポーターズのメンバーとして、私達を支えて下さっている方だったのです。

たった一日の水俣探訪は、私と石牟礼道子という作家の距離を随分と縮めてくれました。二〇一九年六月、俳優座劇場での文化座公演で、石牟礼文学に興味を持って下さる方が一人でも多く現れることを願ってやみません。

撮影現場の記憶から

金 大偉
（アーティスト）

金大偉です。十何年間をかけて石牟礼先生と一緒に映画を作らせていただきまして、本当にあっという間のような感じでした。私は石牟礼先生の文学世界を語ることはできませんが、今日は時間の問題もありまして、ちょっとしたエピソードを申し上げたいと思います。

石牟礼先生はとてもユニークな方で、話はとてもゆっくりに聞こえます。私が何回もインタビューをさせていただく中で、とてもゆっくり、ゆっくりと、そういう雰囲気で話しているにもかかわらず、後で聞いてみたらすごく速く感じるんです。言葉にたくさんの意味やニュアンスが細かく入っていて、密度の濃い膨大な内容でした。

私がAの質問をしたとき、先生の答えはまずBが返ってきます。Bという質問をしたときにはCが返ってくる。私が質問した答えが直接返ってくることはなくて、ただし、最後にはそのインタビューの内容は、私の質問に対する答えが全部含まれている、そういう特徴のある答え方が印象として残っています。

撮影では、こういうこともありました。石牟礼先生の生まれ故郷である天草、島原の乱があった場所で、撮影をすることになった。何万人も犠牲になって亡くなっている場所ですので、そこに行ったときに、私も、やはりちょっと怖いという感じがありました。私の一貫の制作方法であるフィールドワークとして、その場所を自分も体感しながら撮影していくことはとても重要です。その夜中、旅館に泊まっているときにいろんな音がして、眠れなくて、とても異様な感じがしました。とても怖くて、朝に目を覚ましたちょうどそのときに、石牟礼先生から電話があって「金さん、あなた大丈夫ですか」と聞かれたんです。とてもびっくりして。そういうタイミングで石牟礼先生の優しい、慰めるようなお電話をいただいて、そこでまた元気になって自信がついて、原城を一日かけて撮ることができました。そういう不思議なシンクロニシティーがたくさんありました。

こういうこともありました。水俣の風景を撮るときに、本当にきれいな風景を撮りたい、撮りたいと思いながらなかなか撮れませんでした。先生と相談したときに、こうおっしゃいました。「魂を入れることが大事」、つまり、その土地があなたを受け入れるときがきっとある、ということです。私はそれを聞いて、その場所を何日もかけてゆっくり観察しながら撮影していく中で、最後の何日間か、とても美しい、自分でもびっくりするような魅力のある不知火海の自然風景を、カメラにおさめることができました。「この風景を撮りなさい」と自然から声をかけてくれるようなことがあり、とても印象的に残りました。これが現地の空間が自分と一体になった状態で、「魂入れ」が出来たのかもしれません。

また、あるとき、一緒に歩くときに、私が前を、先生が私の後ろを歩いているはずだったのに、ある一瞬、先生が前に、私よりも二〇メートル先に、なぜかいるんです。これはどういう現象なのか、石牟礼先生が時空を越えていらっしゃるのか、それとも私がおかしいのか、見えない世界と対峙していらっしゃる先生との長い間では、わからないことがたくさんありました。先生と十何年間の出会いの中に、自然と人間との調和、宇宙と人間との調和、あるいは祈りとは何か、鎮魂とは何か、生命とは何か、そういうたくさんのことを教えていただきました。本当に心より感謝を申し上げたいと思います。

先生はきっとあの世、この世、あるいはその世、いろんな意味において、その巨大な空間の中に、時空を超えた中に、これからも永遠に人類にとって大切なメッセージを発信し続けていらっしゃると思います。先生の御冥福を心よりお祈り申し上げます。誠にありがとうございました。

憂国の志情
――あとがきにかえて――

石牟礼道子

三五〜六年前、私が五十代の初めごろではなかったろうか。東京で水俣病の集会のあと、ひとりの青年から呼び止められた。何を話したのかは忘れたけれども、青年はたいそう緊張しておられ、丁重なごあいさつを受けた。

たしか「新評論」の藤原ですとおっしゃったように記憶している。たいへん生真面目そうな、青白い顔をした痩せた色白の青年だった。初めて会う人だったが、憂国の志情を抱いている昭和維新の烈士という印象を受けた。

それから何年のちだったろうか。新しい雑誌を作るのでよろしくたのみますというあいさつとともに、かの時の青年が、大人の顔になって現われた。分厚い雑誌を手に青年が現われたのは最初の出会いからすれば何年くらいたっていただろう。

一人の若者の成長を時代とともに思い浮かべるということはめずらしいことであった。

現在の『環』の内容は、歴史・環境・文明ということだが、時代のただ中にとび込んで、その精神を読み解く力は私にはないけれども、いちばん底辺のところで、世相を感じることができるようなつくりになっている。

今の私は、五～六行も読めば活字拒否の発作が出るような視力になってしまったけれども、机辺に置くだけで安心するような雑誌をありがたく思う。

藤原さん、どうかいつまでもお元気で、憂国の志情を若い人たちにお与え下さい。

九州の片すみで一人の老女がご健康をお祈りしておりますことを、時々思い出して下さい。

藤原書店二五周年に寄せて

二〇一五年新春

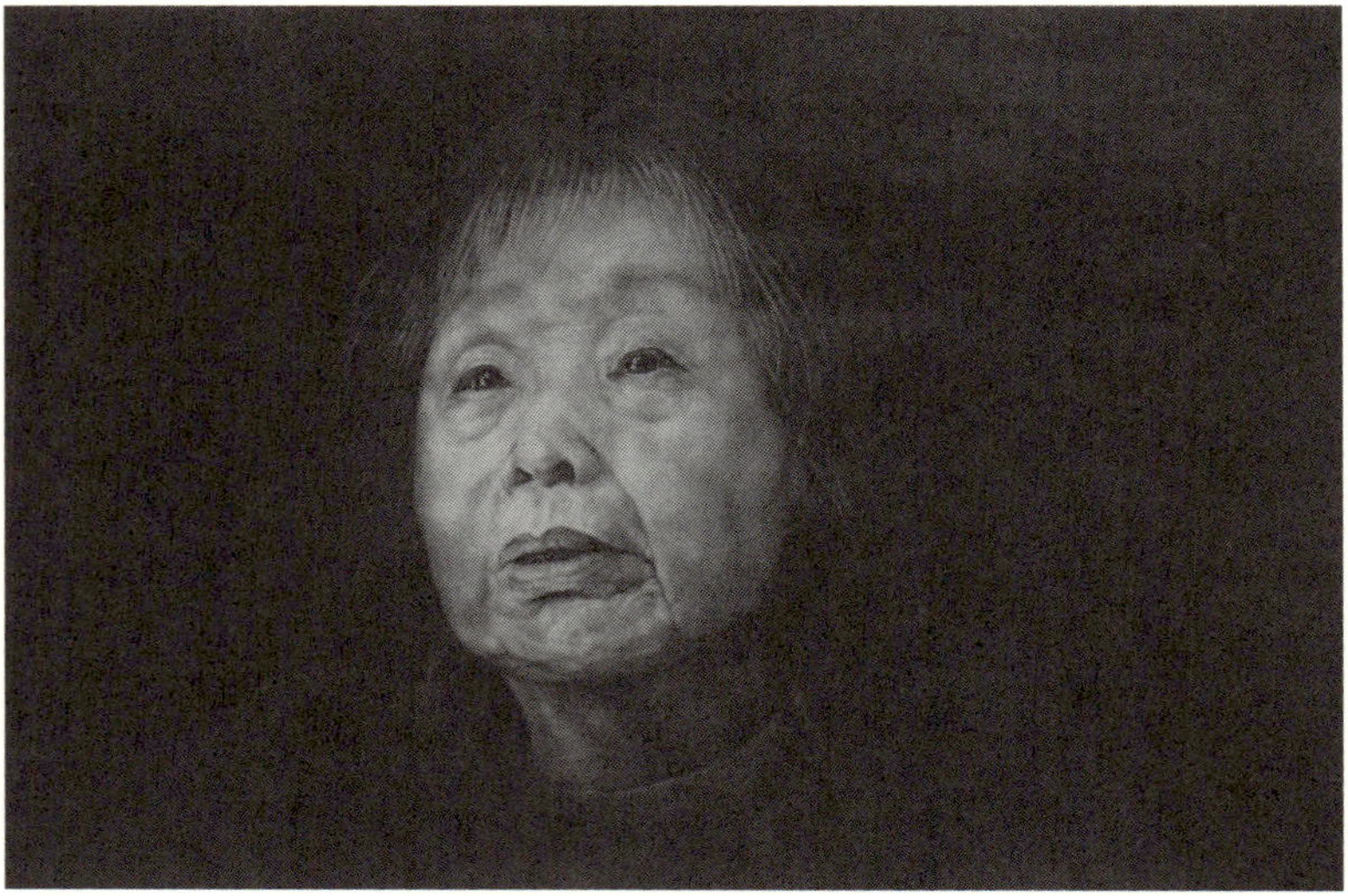

画・木下 晋

初出一覧（＊記載のないものは本書初出）

序　天――日本の「原風景」とはなにか（石牟礼道子）『環』54号、二〇一三年夏

Ⅰ　**石牟礼道子と芸能**

〈シンポジウム〉石牟礼道子の宇宙（赤坂真理／いとうせいこう／町田康／赤坂憲雄）二〇一七年三月一一日

Ⅱ　**『完本　春の城』をめぐって**

私たちの春の城はどこにあるのか？（田中優子）『完本　春の城』二〇一七年

〈講演〉石牟礼道子『春の城』のこと（田中優子）二〇一七年一〇月一八日

Ⅲ　**生類の悲**

魂だけになって（石牟礼道子）『環』54号、二〇一三年夏

〈講演〉石牟礼さんの小説の世界が、決定的に違う言葉を持った理由（町田康）『環』54号、二〇一三年夏

原初的生命に黙禱――町田康『告白』の解説から（石牟礼道子）『告白』中公文庫、二〇〇八年

Ⅳ　**『石牟礼道子全集』完結に寄せて**

『全集』本巻 完結に寄せて（石牟礼道子）『環』53号、二〇一三年春

〈シンポジウム〉今、なぜ石牟礼道子か（池澤夏樹／高橋源一郎／町田康／三砂ちづる／栗原彬）『環』61号、二〇一五年春

みなさまへ（石牟礼道子）『環』61号、二〇一五年春

Ⅴ　**追悼・石牟礼道子**

共催者挨拶（塚原史）二〇一八年三月一一日

〈講演〉私にとっての石牟礼道子――彼女の立っている場所（高橋源一郎）二〇一八年三月一一日

〈講演〉水俣の魂に引き寄せられて（田口ランディ）　二〇一八年三月一一日

〈追悼コメント〉

姜　信子『機』二〇一八年一二月号

田中優子『機』二〇一八年五月号

最首　悟　二〇一八年三月一一日追悼コメントより

鎌田　慧　二〇一八年三月一一日追悼コメントより

ブルース・アレン『機』二〇一八年九月号

今福龍太『機』二〇一九年二月号

赤坂憲雄『機』二〇一八年六月号

町田　康『機』二〇一八年四月号

赤坂真理『機』二〇一八年四月号

笠井賢一『機』二〇一八年八月号

坂本直充『機』二〇一八年七月号

米良美一『機』二〇一九年一月号

宇梶静江『機』二〇一八年一一月号

佐々木愛『機』二〇一八年一〇月号

金　大偉　二〇一八年三月一一日追悼コメントより

憂国の志情――あとがきにかえて（石牟礼道子）『環』61号、二〇一五年春

81年パンクバンド「INU」の『メシ喰うな』でレコードデビュー。俳優としては「爆裂都市」他に出演。小説『くっすん大黒』(野間文芸新人賞、ドゥマゴ文学賞)『きれぎれ』(芥川賞)『権現の踊り子』(川端康成文学賞)『告白』(谷崎潤一郎賞)『宿屋めぐり』『人間小唄』他、詩集『土間の四十八滝』(萩原朔太郎賞)他。『石牟礼道子全集 12 天湖』に解説を執筆。

真野響子(まや・きょうこ)
1952年生。俳優。桐朋学園大学芸術学部演劇科卒業後、劇団民藝に入団、1992年フリーに。NHK「御宿かわせみ」「ちゅらさん」をはじめ、多くのテレビ、映画、舞台に出演。美術に造詣が深く、女優業以外では、神戸市立森林植物園名誉園長等幅広く活躍している。

三砂ちづる(みさご・ちづる)
1958年生。疫学者・作家。津田塾大学学芸学部教授。京都薬科大学卒業。ロンドン大学Ph.D.(疫学)。国立公衆衛生院を経て現職。著書に『オニババ化する女たち』(光文社)『月の小屋』(毎日新聞社)『不機嫌な夫婦』(朝日新聞出版)『太陽と月の物語』(春秋社)他。編著に『赤ちゃんにおむつはいらない』(勁草書房)。訳書にパウロ・フレイレ『新訳 被抑圧者の教育学』(亜紀書房)など。

米良美一(めら・よしかず)
2019年デビュー25周年を迎える米良美一は、「もののけ姫」の主題歌を歌って一世を風靡。1994年洗足学園音楽大学を首席で卒業。1995年第6回奏楽堂日本歌曲コンクール第3位入賞。1996年よりオランダ政府給費留学生としてアムステルダム音楽院に留学。現在も国内外にてコンサート活動や講演会、メディアの露出も多く、執筆活動など多方面において活躍の場を広げている。CD多数。米良美一オフィシャル・ホームページ http://yoshikazu-mera.info/

しさ」について』『ぼくらの民主主義なんだぜ』『ぼくたちはこの国をこんなふうに愛することに決めた』ほか多数。

田口ランディ（たぐち・らんでぃ）
作家。1959年生。広く社会問題や宗教をテーマに執筆活動を展開。小説以外にもノンフィクション等の幅広い作品群をもつ。最新刊は地下鉄サリン事件実行犯の死刑囚との交流を描いた私小説『逆さに吊るされた男』。『コンセント』『できればムカつかずに生きたい』（婦人公論文芸賞）『富士山』『パピヨン　死と看取りへの旅』『サンカーラ　この世の断片をたぐり寄せ』『ヒロシマ、ナガサキ、フクシマ　原子力を受け入れた日本』など多数、作品は多言語に翻訳、映画化されている。

田中優子（たなか・ゆうこ）
1952年生。法政大学総長。専門は、江戸時代の文学・生活文化、アジア比較文化。86年『江戸の想像力——18世紀のメディアと表徴』（筑摩書房）で芸術選奨文部大臣新人賞。その他『春画のからくり』（ちくま文庫）『布のちから』（朝日新聞出版）『未来のための江戸学』（小学館101新書）『江戸の音』（河出文庫）他。石牟礼道子『完本 春の城』に解説を執筆。

塚原史（つかはら・ふみ）
1949年生。早稲田大学法学部学術院教授。2012年秋から早稲田大学會津八一記念博物館館長。ダダイスム・シュルレアリスム研究。71年、早稲田大学政治経済学部卒業。京都大学大学院仏文科修士課程、パリ第三大学博士課程を経て、79年早大大学院仏文科博士課程修了。『ダダイズム—世界をつなぐ芸術運動』（岩波現代全書）ほか。

ブルース・アレン（Bruce Allen）
1949年米国ボストン生。上智大学大学院外国語学研究科卒業。清泉女子大学教授。英文学。『Lake of Heaven』（石牟礼道子の『天湖』の英訳、Lexington Books）ほか。

町田 康（まちだ・こう）
1962年生。作家・ミュージシャン。78年頃から町田町蔵の名で音楽活動、

栗原彬（くりはら・あきら）
1936 年栃木生。政治社会学者。立教大学名誉教授。水俣フォーラム前代表、日本ボランティア学会代表。著書に『やさしさのゆくえ』（筑摩書房）『歴史とアイデンティティ』『管理社会と民衆理性』『政治の詩学』『政治のフォークロア』『やさしさの存在証明』『「やさしさ」の闘い』（新曜社）『人生のドラマトゥルギー』（岩波書店）『「存在の現れ」の政治』（以文社）『証言 水俣病』（岩波新書）他。

最首悟（さいしゅ・さとる）
1936 年福島生。1967 年東京大学大学院理学系動物学博士課程中退、同教養学部生物学助手。和光大学名誉教授。水俣調査行。主著に『生あるものは皆この海に染まり』（新曜社）『星子が居る』（世織書房）等。

佐々木愛（ささき・あい）
劇団文化座代表。新劇俳優協会会長。1962 年テレビドラマ・長塚節「土」で評価。78 年度『サンダカン八番娼館』で文化庁芸術祭優秀賞。82 年度『越後つついし親不知』おしんの演技に対して紀伊國屋演劇賞個人賞。2000 年「遠い花」（原作『ピーチ・ブロッサムへ』藤原書店）。自ら企画した「てけれっつのぱ」で 08 年文化庁芸術祭大賞。2018 年紀伊國屋演劇賞団体賞。主な舞台に「荷車の歌」「遠い花」「天国までの百マイル」「三婆」など。2019 年 6 月「アニマの海」（石牟礼道子『苦海浄土』より）を俳優座劇場にて上演。

坂本直充（さかもと・なおみつ）
詩人。水俣病資料館元館長。処女詩集『光り海』（藤原書店）に、石牟礼道子が推薦の言葉。

高橋源一郎（たかはし・げんいちろう）
1951 年生。1981 年、『さようなら、ギャングたち』で群像新人長篇小説賞優秀作受賞。05 年より明治学院大学国際学部教授。その他の著書に『日本文学盛衰史』（伊藤整文学賞）『優雅で感傷的な日本野球』（三島由紀夫賞）『ジョン・レノン対火星人』『恋する原発』『国民のコトバ』『101 年目の孤独』『一億三千万人のための小説教室』『「あの日」からぼくが考えている「正フクロウとサケ』『セミ神さまのお告げ』『トーキナ・ト』（津島佑子との共著）（以上福音館書店）他。

笠井賢一（かさい・けんいち）
演出家・能楽プロデューサー。「古事記」「源氏物語」「平家物語」、近松門左衛門、宮澤賢治等を演出、古典と現代をつなぐ。多田富雄作「無明の井」、石牟礼道子作「不知火」、「調律師――ショパンの能」、ヤドヴィカ・ロドヴィッチ作「鎮魂――アウシュヴィッツ・フクシマの能」等の新作能、また石牟礼道子の新作狂言「なごりが原」を演出。

鎌田慧（かまた・さとし）
1938年生まれ。新聞記者、雑誌編集者を経て、フリーのルポライター。労働、開発、教育、原発、沖縄、冤罪など、社会問題全般を取材、執筆。またそれらの運動に深くかかわる。主著に『自動車絶望工場』（講談社文庫）『六ヶ所村の記録』（毎日出版文化賞受賞）『大杉榮　自由への疾走』『狭山事件――石川一雄、四十一年目の真実』（いずれも岩波現代文庫）『さようなら原発の決意』（創森社）『戦争はさせない――デモと言論の力』『鎌田慧の記録』全6巻（岩波書店）など。

姜信子（きょう・のぶこ／カン・シンジャ）
1961年生。作家。86年、『ごく普通の在日韓国人』（朝日新聞社）でノンフィクション朝日ジャーナル賞。その他、『棄郷ノート』（作品社）『日韓音楽ノート』（岩波書店）『生きとし生ける空白の物語』（港の人）『声　千年先に届くほどに』『現代説経集』（ぷねうま舎）『平成山椒太夫――あんじゅ、あんじゅ、さまよい安寿』（せりか書房）他。

金大偉（きん・たいい）
中国遼寧省生。来日後、音楽、映像、美術などの世界を統合的に表現。音楽CD『水国』『新・中国紀行』『龍』『東巴』『富士祝祭』など多数。映像監督作品として、鶴見和子『回生』、石牟礼道子『しゅうりりえんえん』『海霊の宮』『花の億土へ』がある。失われゆく満洲族の文化を描いた最新作『ロスト マンチュリア サマン』は、パリ Ethnografilm 映画祭に正式招待。

池澤夏樹（いけざわ・なつき）

1945年北海道生。作家・詩人。1988年「スティル・ライフ」で芥川賞。著書に『母なる自然のおっぱい』（読売文学賞）『マシアス・ギリの失脚』（谷崎潤一郎賞）『花を運ぶ妹』（毎日出版文化賞）『すばらしい新世界』（芸術選奨文部科学大臣賞）『イラクの小さな橋を渡って』『言葉の流星群』（宮沢賢治賞）『静かな大地』（親鸞賞）『パレオマニア』『アトミック・ボックス』等。

『池澤夏樹＝個人編集　世界文学全集』に日本人作家の長篇作品として唯一石牟礼道子『苦海浄土』を収録した。

いとうせいこう（いとう・せいこう）

1961年生。作家。早稲田大学法学部卒業後、出版社勤務を経て作家、クリエーターとして、活字／映像／舞台／音楽／ウェブなど幅広い表現活動。学生時代より舞台活動「ドラマンス」に参加。85年より宮沢章夫、シティボーイズ、中村有志、竹中直人らと演劇ユニット「ラジカル・ガジベリビンバ・システム」を結成。小説『ノーライフキング』『解体屋外伝』他、『ボタニカル・ライフ』（講談社エッセイ賞）他。音楽家としてはジャパニーズヒップホップの先駆者。2015年1月、石牟礼道子とラジオでトーキングセッション。

今福龍太（いまふく・りゅうた）

1955年生。人類学者、文化批評家。メキシコ、カリブ海、ブラジル、沖縄・奄美などを移動しながら、幅広く活動。2002年より奄美自由大学を主宰。著書に『書物変身譚』『ジェロニモたちの方舟』『ヘンリー・ソロー　野生の学舎』（読売文学賞受賞）『ハーフ・ブリード』他、著作集『パルティータ』1～5がある。『石牟礼道子全集 不知火6　常世の樹・あやはべるの島へ ほか』に解説を執筆。

宇梶静江（うかじ・しずえ）

1933年生。詩人・古布絵作家・絵本作家。1972年、朝日新聞の投稿欄に「ウタリたちよ手をつなごう」を投稿。翌年、東京ウタリ会を設立して会長となる。63歳から制作を始めた古布絵は、海外でも高い評価を得る。2004年アイヌ文化奨励賞受賞。2011年吉川英治文化賞受賞。絵本『シマ

執筆者プロフィール

（五十音順）

石牟礼道子（いしむれ・みちこ）
1927年、熊本県天草郡に生れる。詩人。作家。
1969年に公刊された『苦海浄土――わが水俣病』は、文明の病としての水俣病を描いた作品で注目される。1973年マグサイサイ賞、1986年西日本文化賞、1993年『十六夜橋』で紫式部文学賞、2001年度朝日賞、『はにかみの国――石牟礼道子全詩集』で2002年度芸術選奨文部科学大臣賞を受賞する。2002年から、新作能「不知火」が東京、熊本、水俣で上演され、話題を呼ぶ。石牟礼道子の世界を描いた映像作品「海霊の宮」(2006年)、「花の億土へ」（2013年）が金大偉監督により作られる。
『石牟礼道子全集　不知火』（全17巻・別巻1）が2004年4月から藤原書店より刊行され、2013年全17巻が完結する。またこの間に『石牟礼道子・詩文コレクション』(全7巻)が刊行される。2018年2月10日逝去(90歳)。

赤坂憲雄（あかさか・のりお）
1953年生。学習院大学文学部教授。福島県立博物館館長。遠野文化研究センター所長。1999年、責任編集による『東北学』を創刊。著書『東北学／忘れられた東北』『岡本太郎の見た日本』『司馬遼太郎 東北をゆく』『民俗学と歴史学』『震災考』他、共著『歴史と記憶』他、編著『鎮魂と再生――東日本大震災・東北からの声100』『世界の中の柳田国男』他。『石牟礼道子全集8 おえん遊行』に解説を執筆。

赤坂真理（あかさか・まり）
作家。慶應義塾大学法学部卒業。編集者を経て、1995年「起爆者」でデビュー。小説『蝶の皮膚の下』『ヴァイブレータ』『ミューズ』(野間文芸新人賞)『コーリング』『ヴォイセズ／ヴァニーユ』『彼が彼女の女だった頃』『東京プリズン』（毎日出版文化賞、司馬遼太郎賞受賞）他。評論『肉体と読書』『愛と暴力の戦後とその後』『モテたい理由』他。石牟礼道子『苦海浄土　全三部』『完本 春の城』に解説を執筆。

石牟礼道子《いしむれみちこ》と芸能《げいのう》

2019年 5 月10日　初版第 1 刷発行©

編　者　藤原書店編集部

発行者　藤　原　良　雄

発行所　株式会社　藤　原　書　店

〒 162-0041　東京都新宿区早稲田鶴巻町 523
電　話　03（5272）0301
ＦＡＸ　03（5272）0450
振　替　00160 - 4 - 17013
info@fujiwara-shoten.co.jp

印刷・製本　中央精版印刷

落丁本・乱丁本はお取替えいたします
定価はカバーに表示してあります

Printed in Japan
ISBN978-4-86578-215-8

全三部作がこの一巻に

苦海浄土 全三部

石牟礼道子

『苦海浄土』は、「水俣病」患者への聞き書きでも、ルポルタージュでもない。患者とその家族の、そして海と土とともに生きてきた民衆の、魂の言葉を描ききった文学として、〝近代〟に突きつけられた言葉の刃である。半世紀をかけて『全集』発刊時に完結した三部作（苦海浄土／神々の村／天の魚）を全一巻で読み通せる完全版。

解説＝赤坂真理／池澤夏樹／加藤登紀子／鎌田慧／中村桂子／原田正純／渡辺京二

四六上製　一一四四頁　四二〇〇円
（二〇一六年八月刊）
◇978-4-86578-083-3

『苦海浄土』三部作の核心

新版 神々の村 『苦海浄土』第二部

石牟礼道子

第一部『苦海浄土』、第三部『天の魚』に続き、四十年の歳月を経て完成。

「『第二部』はいっそう深い世界へ降りてゆく。（…）作者自身の言葉を借りれば『時の流れの表に出て、しかとは自分を主張したことがないゆえに、探し出されたこともない精神の秘境』である」（解説＝渡辺京二氏）

四六並製　四〇八頁　一八〇〇円
（二〇〇六年一〇月／二〇一四年二月刊）
◇978-4-89434-958-2

名著『苦海浄土』から最高傑作『春の城』へ！

完本 春の城

石牟礼道子

解説＝田中優子　赤坂真理　町田康　鈴木一策

四十年以上の歳月をかけて『苦海浄土 全三部』は完結した。天草生まれの著者は、十数年かけて徹底した取材調査を行い、遂に二十世紀末、『春の城』となって作品が誕生した。著者の取材紀行文やインタビュー等を収録、多彩な執筆陣による解説、詳細な地図や年表も附し、著者の最高傑作決定版を読者に贈る。［対談］鶴見和子

四六上製　九一二頁　四六〇〇円
（二〇一七年七月刊）
◇978-4-86578-128-1

石牟礼道子はいかにして石牟礼道子になったか？

葭《よし》の渚 石牟礼道子自伝

石牟礼道子

無限の生命を生む美しい不知火海と心優しい人々に育まれた幼年期から、農村の崩壊と近代化を目の当たりにする中で、高群逸枝と出会い、水俣病を世界史的事件ととらえ『苦海浄土』を執筆するころまでの記憶をたどる。『熊本日日新聞』大好評連載、待望の単行本化。失われゆくものを見つめながら「近代とは何か」を描き出す白眉の自伝！

四六上製　四〇〇頁　二二〇〇円
（二〇一四年一月刊）
◇978-4-89434-940-7